強制的に夫婦(つがい)にさせられましたが、甘い契りで寵愛の証を懐妊しました

m a r m a l a d e b u n k o

砂川雨路

JN032264

マーマレード文庫

目次

強制的に夫婦（つがい）にさせられましたが、甘い契りで寵愛の証を懐妊しました

強制的に夫婦（つがい）にさせられましたが、
甘い契りで寵愛の証を懐妊しました

プロローグ

九頭竜《くずりゅう》家の広大な敷地の一角に立つ神殿には、一族の人間がずらりと居並んでいた。

板敷きの間は大きな神社の社殿をイメージするとわかりやすいかもしれない。ともかくちょっとした非日常を感じる場所だ。中央には神木を使った柱があり、一族の面々はその柱を避けて配置された椅子についている。

正面奥には祭壇があり、近くに九頭竜家の現宗家、先代宗家、次代宗家である男性がそれぞれ立っていた。祭壇に向かい合う格好で、祭司役を務める先代宗家の弟が恭《うやうや》しく陶製の宝剣を掲げ持っている。

私がいる位置は、祭壇の斜め前。他家の女性たちとともに用意された椅子に腰かけ、じっと事の次第を見守っている。

ちらりと祭壇のほうを見ると次代宗家と目が合った。私は慌ててその黒い瞳から視線をそらす。

今日、初めてこの九頭竜家にやってきてから何度となくこの人と目が合う。

そのたびにいたたまれない気持ちで目をそらしてしまうのは、私の中に芽生えた疼《うず》くような感覚から逃げたいからだ。心臓の拍動は一時《いっとき》よりは落ち着いたものの、いまだどくどくと激しい。

「誓約《うけい》の儀、し奉ります」

祭司が重々しく言い、祭壇前に進み出た。祭壇前に用意された木製の盆に、捧《ささ》げ持っていた陶製の宝剣を落とす。

がしゃんと大きな音が響いた。

数瞬の沈黙。誰もが身を乗り出して、盆の中を覗《のぞ》き込もうとしている。ほとんどの人間は見えないので、様子をうかがうにとどまっているけれど。

「八つ、宝剣は八つに割れている」

「八街《やちまた》家だ」

見えなかった盆を祭司が手にし、捧げ持った。そこには確かに八つに割れた儀式用の宝剣があった。

指し示すのは……私、八街木葉《このは》。

祭司が一族のほうを向き直り、厳かに言った。

「次代宗家・九頭竜征士郎《せいしろう》の妻は八街家のオメガ」

おお、とどよめきが起こる。私はほぼ無意識に立ち上がり、一礼する。

「八街木葉と相成ります」

多くの視線が注がれる中、私は祭壇の近くに歩み寄った。自分でも不思議だが、自然と足が彼の元へ向かう。

祭壇の前には、未来の夫となる人がいた。九頭竜征士郎。美しい九頭竜家のアルファ。一族の未来を担う次代宗家。

彼が私に向かい手を差し出す。私はまるで魔法にかけられたかのごとく、その手に自身の手を重ねた。びりんとしびれる感覚がある。

「八街木葉」

彼の唇が確認するように私の名を呼んだ。盛大な拍手の中、私にだけ聞こえる声でささやいた。

「俺の花嫁、俺のオメガ。九頭竜の血を引く数多《あまた》の子を産んでくれ」

呆然《ぼうぜん》としながら、私は発声法を忘れたように彼を見つめていた。

一　花嫁候補のオメガ

「嘘《うそ》……」

小綺麗《こぎれい》な診察室で医師と向かい合い、私は呆然と呟《つぶや》いた。後ろには付き添いで来ている両親。おそらく私と同じくらい驚いているに違いない。

目の前の医師は電子カルテの液晶画面を見たまま、平然と診断結果を告げる。

「いえ、本当です。八街木葉さん、あなたはベータではありません。オメガです」

「オメガ……私が？　何かの間違いじゃないですか？」

「血液数値と体内のホルモン量、すべてオメガ特有のものです。間違いありません」

私は言葉を失い、自身の手のひらを見つめた。

私がオメガ？　そんなはずはない。私は生まれてこの方、ずっとベータだと思って生きてきた。

この世には男女という性差の他に、三つのバースと呼ばれる性がある。アルファ、ベータ、オメガ。

アルファはすべてにおいて秀で、社会的成功者が多い。

ベータは人口の九十九パーセントを占める一般人。

そして、産む性と呼ばれるオメガ……ヒートという発情を起こし、周囲に性発情を促す種。古くは、周囲を惑乱させ性行為に誘う生態から、忌み嫌われ差別された時代もあったという。今でこそ、希少さと優れた生殖率から保護される存在だけれど、私がそのオメガ？

「ご存じの通り、オメガは子どもを生すことに特化した種です。病院からお住まいの行政へ届け出を出しますが、ご家族やご本人も書類の記入がありますので一度市役所のバース課へ行ってください」

バース性専門医は事務的に言う。私と両親は狼狽《ろうばい》したままだ。

「あの、私たち親はベータです。この子は生まれたときも二次性徴期も、ベータだと診断されました。ヒートだって起こしたことがありません」

母が当惑した様子で尋ねる。医師は落ち着いた口調で答えた。

「大人になってから、オメガと診断されるケースがごく稀《まれ》にあるんです。八街さんは九頭竜一族の分家でしたね。ということは、オメガは定期的に輩出されているのでしょう」

「確かに何代か前にはオメガが出ていますが、ここしばらく八街家にオメガは生まれていません……花嫁候補にも……」

父が言い、それからうつむいた。口の中で「九頭竜家に報告しなければ」と呟く声が聞こえる。

「木葉さんはオメガです。驚かれたこととは思いますが、ファーストヒートを起こす前に判明したのは幸運と思いましょう。抑制剤を処方しますので、今日から飲み始めて効きを見ていきます。パートナーが決まるまでは自身の体調変化に留意して過ごしてください」


診察はそれで終わり。いくつかの書類を記載し、処方されたオメガ専用の抑制剤を手に、私と両親は帰宅した。三人ともほとんど喋《しゃべ》らなかった。

八街家は調布《ちょうふ》市に居をかまえるどこにでもある中流家庭だ。

父は公務員で都庁勤め、母は近くの保育園で給食作りのパートをしている。ひとり娘の私は、短大を卒業して今年から書店員として働いている。学生時代からアルバイトをしていたチェーンの書店に正社員登用してもらえたのだ。

そんな八街家が一般家庭と違う点は、ただひとつ。

旧財閥の九頭竜家の分家であるということだ。九頭竜は大和《やまと》朝廷時代からあるといわれる由緒正しいアルファの家柄。表向きはナイングループという大企業を営んでいるが、長く政財界に君臨してきた一族である。

国内にこうしたアルファの一族はいくつかあるけれど、九頭竜はおそらく最も歴史があり強大な一族といえるだろう。

そんな雲の上の一族、九頭竜家。そして、我が家は分家の末席。私なんか本家に行ったこともなければ、九頭竜家のアルファのひとりにも会ったことがない。

一方で、八つある九頭竜の分家には大きな役割があった。

「木葉、おまえがオメガであることは、早急に九頭竜家に報告する」

帰宅した私たちはダイニングテーブルを囲んでいた。父の重々しい言葉には、すでに責任がにじんでいる。

「誓約の儀式は来月だ。おまえは八街家のオメガとして出席することになる」

「木葉の診断が下りるのが、誓約の後だったらよかったのに」

母が悲愴《ひそう》な顔で言う。しかし、そういうわけにもいかないのだ。今回のバース性再チェック自体、九頭竜家からの指示である。分家の十五歳から二十五歳の子女を集め、改めてバース性をチェックせよ、という。

この指示がなければ私は自分がオメガだと気づくことはなかっただろう。ヒートを起こして、周囲に迷惑をかける前に知ることができたのはよかったかもしれないが、その結果がこれ。

「私は、次代宗家の花嫁候補になるってことだよね」

「そうだ」

父が頷《うなず》き、私は逃れられない分家の宿命にため息をつきそうになった。

分家の一番の役割、それは本家・九頭竜家の花嫁を輩出することである。

九頭竜家は知力、身体能力が極めて高く、国内外の名門家のアルファと比べても極めて優秀な血筋といえる。一方でその代償か生殖能力が低く、ベータ相手ではまず子どもは生せないそうだ。そこで、同じアルファ同士かオメガをパートナーに選ぶことで一族を繋《つな》いできた。

特に一族の頂点である宗家は、代々分家からオメガの花嫁を選び、子を生してきた。オメガとアルファとの生殖率は非常に高く、また高確率でアルファの遺伝子を次代に残せるのが大きな利点。分家のオメガは幼い頃から花嫁候補として養育され、誓約と呼ばれる神事でたったひとりが選ばれる。

これが九頭竜と八つの分家のシステムだ。

「次代宗家の征士郎様は現在二十五歳。おまえの五つ上だ。花嫁候補は一橋《ひとつばし》家の由《ゆ》佳子《かこ》様、二科《にしな》家の亜美《あみ》様、四谷《よつや》家のりおん様、五香《ごこう》家の幸《さち》ちゃん、七海《ななみ》家の京香《きょうか》様だ。三野《みの》家と六実《むつみ》家は該当するオメガがいないので花嫁候補なし。八街家もそうなる予定だったんだが」

私は八つの分家の六人目の花嫁候補に躍り出た形になる。ちなみに、五香家の幸は幼馴染《おさななじみ》。家も同じ市内にあるし……ああ、幸に報告しなきゃ。幸、どう思うだろう。

「お父さんもまだどうしたらいいかと困っているよ」

父は眉をひそめ、苦悩の様子で言う。

「花嫁候補として教育をしていない木葉を誓約の神事に出席させていいものか。おそらく本家は見逃してはくれないだろうが」

「儀式に出るのは絶対ってことね」

「お父さんは、木葉には自由に生きてほしいと思っていた。八街家自体はおまえの従兄が継ぐ話で決まっているし、おまえ自身に結婚をせかすつもりもなかった。それが、いきなり九頭竜家の花嫁候補になるとは……」

「重責の中、子どもを産み続けるなんて木葉が可哀想」

母が今にも泣き出しそうな顔で言い、父が首を振る。

「本家を否定するようなことを言ってはいけないよ」

「でも、九頭竜宗家の妻よ。ゆくゆくはナイングループの社長夫人。普通に育てた木葉に務まるのかしら。プレッシャーで心身ともに衰弱してしまいそうで」

私の背を撫《な》で、母はなおも言う。

「現宗家の奥様だって早くに亡くなられたじゃない。強大なアルファの一族の血を繋ぐのはきっと心身の負担なのよ。何より、大きなお屋敷に閉じ込められて、生涯出産を強制されるなんて」

両親が重い気持ちになるのもわかる。ただのベータだと思って育ててきた娘が、いきなり本家の花嫁候補。その立場がどれほど重要なものかと思えば、娘に背負わせたくないのも親心だろう。

「まあ、待って、お母さん」

私はわざと明るい声を出した。ここで私までしょんぼりしていられない。

「花嫁候補は六人いるんだよ。私が選ばれるとは限らないでしょ」

「でも、木葉」

「幸から聞いたけど、誓約って儀式は陶製の剣を割っていくつに割れたかで花嫁を選ぶんでしょ。八つぴったりに割れるなんてどんな運よ。そんなに慄《おのの》くことじゃないって」

ほとんど自分自身を鼓舞しているようなものだった。本音を言えば、私自身が一番我が身に起こったことにうろたえている。

だって、私の人生設計にないんだもの。オメガとして宗家の花嫁候補になるなんて。八街家に生まれたとしても、ベータである以上本家の後継問題なんて関係なく生きていけると思っていた。

やりたい仕事をして、趣味を楽しんで、いつか恋愛も経験してみたいけれど結婚は絶対じゃない。両親や友人と美味しいものを食べて、旅行して、気ままに暮らしていくつもりだった。

突如として巨大な一族の中枢への切符が目の前に置かれた格好だ。私は、全然望んでいないのに。

いや、まだ暗くなるような状況ではない。

オメガは薬でどうにかできるだろう。うまく付き合っていけるなら、悲観しなくていい。そして宗家の花嫁は六分の一だ。私が当たるはずないじゃない。

翌日、私は早速仕事上がりに駅前のカフェで幼馴染の幸と会っていた。

「木葉がオメガとは気づかなかったわぁ」

五香幸、九頭竜家の花嫁候補のひとりだ。背が高く、ウェーブのかかったロングへアはラベンダーカラー。現在大学三年で就活が始まるまではこの髪色にしておくと言っている。

「私自身だって気づかなかったよ。まだ実感もないし」

私はため息交じりに大きなマグカップのカフェオレを口に運ぶ。お腹が空いたのでケーキも食べたいけれど、母が夕食を作っているはずだから我慢である。

「あ～、実際にヒートを起こしてみないとわからないかもねえ。私も中学生の頃から抑制剤飲んでて、ひどいヒートは起こしたことないけど」

幸がポーチから抑制剤の錠剤を出して見せてくれる。こっちが常用、こっちが緊急用などと言って説明してくれる薬剤は私の処方されたものとは違う。効く薬は個人差があるらしい。

「私、オメガの知り合いって幸以外にいないし、自分自身が大人になってから診断されるなんて思わなかったよ」

「まあ、レア種だからね、オメガって。私も分家の花嫁候補のオメガくらいしか会ったことないなあ。超々レアな男性オメガはまだ会ったことない」

幸はのんきな口調だ。なお幸の言う通り、ほとんどのオメガは女性だけれど、ごくわずかに男性オメガもいるそうだ。

「数はオメガよりアルファのほうが多いけど、遭遇率高いのは一般人にもいるオメガじゃない？　アルファってほとんどが一部のハイソサエティな一族で構成されてるでしょ。まあ、何してても目立っちゃうアルファと違って、バース性コントロールができてれば、オメガは気づかれないかぁ」

「幸は全然、ベータと変わらなく見えるよ」

幸といて、彼女がオメガであると特別に感じることは今までになかった。抑制剤を飲めば、私も幸のようにベータと同じ生活を送れるのだろうか。

「でも、オメガは登録がいるし、オメガを探し出したい人たちは多くいるよ。お嫁さん候補としてさ。私も、九頭竜家以外のアルファ一族から婚約の話がいくつも来てるよ」

それは初耳だ。しかし、九頭竜家もそうであるように、アルファの一族が次代もアルファの子を多く残したいとオメガを探すことはおおいにあり得るだろう。アルファ同士の夫婦より、アルファとオメガの夫婦のほうが次代にアルファが生まれやすいというのはデータで出ている事実。

「オメガってヒートもあるし、パートナーを決めたら生涯その人としかエッチできない。人心を惑わせるって蔑まれた時代もあった。でも、現代は国内外のアルファから求められるセレブ婚確定種族なわけよ。これはラッキー！って思っておくといいよ」

幼い頃から九頭竜家の花嫁教育を受けている幸だけれど、さばけた性格のせいか非常に楽観的だ。私のどんより気分を弾き飛ばそうとしてくれているのだろうか。

「セレブ婚より普通の生活がいいんだけど」

「木葉は花嫁になるのは嫌？」

「嫌……というか、まだ自分がオメガの実感もないのに、いきなりそんなことを言われてもって感じ」

「まあ、そうだよね。私は、子どもの頃から花嫁に選ばれる可能性があるって教育されてきたからぁ」

幸の言葉に、返す言葉が詰まってしまう。私と違って最初から未来を選べなかった幸に対して無責任な態度や言動だったと思ったのだ。

「あ、でも私だって正直に言えば宗家の花嫁は嫌だよ。面倒くさいじゃん。ナイングループは超巨大企業で、政府関係の仕事も外務省や内閣府から請け負ってるっていうし、日本を裏で操っているのは九頭竜だなんて言う人もいる」

「裏で操る……」

「アルファ至上主義で、ナイングループ内だって、上層部は皆アルファ。そんな一族に嫁とはいえオメガが入るなんて、どんな扱い受けるだろうって思っちゃう。できたら避けたいよね」

幸は私を気遣っているのか共感してくれようとする。でも、たぶん幸は自分が選ばれれば堂々とその役割を果たすのだろう。

「まずは儀式に参加しなきゃ。来月だよね。はあ、気ぃ重……。本家の集まりって一度も出席したことないのに」

「あはは、確かに本家の集まりは気が重いわ。九頭竜本家のお偉方の前でオメガとして見分されるんだもん。あ、でも征士郎様は格好いいよ。それだけははっきり言える」

幸がマグカップを両手で包み、ずずいと身を乗り出してくる。

九頭竜征士郎。

私たちの未来の旦那様になるかもしれない次代宗家だ。現宗家の長男で、結婚と同時に宗家を継ぐことになる。ナイングループでは副社長の立場にあるはず。顔は見たことがない。

本当に分家ってそんな距離なのだ。九頭竜の嫁を出す家でしかない。もちろん、九頭竜のナイングループで働いている分家筋の人間も多くいるだろうけれど、我が八街家は代々公務員とか一般企業に属する人間が多い。つまり末席も末席。

現宗家は経済誌やネットニュースで顔が出てくるからわかるけれど、息子のほうはわからないのだ。

「征士郎様の亡きお母様って五香家の出身だよね」

「そうそう、私の伯母にあたるの。うちの父の姉ね」

つまり、幸は征士郎様の従兄妹にあたるのだ。まあ、従兄妹でも気軽な関係ではないのだろうけれど。

「伯母は征士郎様が二歳のときに亡くなられて、その後三野家のオメガが後妻で入られたのよ。その方も次男の恵太《けいた》様を産んでほどなく鬼籍に入られて。今、本家の嫡流は征士郎様と恵太様の血筋だけってことになるから、嫁入りしたオメガはたくさん血筋を残すように言われるでしょうねぇ」

九頭竜の唯一の弱点は生殖能力の低さにある。一族のほとんどはアルファで構成されているというし、確実に跡継ぎを残していくのも大変だろう。直系に嫁げば、子どもをたくさん望まれるのは仕方のないことかもしれない。

「うわあ、さらに責任重大じゃんか～」

「重大だねぇ」

幸と違い、私は子どもの頃からオメガとして育てられたわけじゃない。まだオメガとしての実感もない。花嫁としての心構えすらない。

そんな私に九頭竜家の花嫁候補という立場はあまりに重い。

ベータとしての普通の生活は、宗家の妻になったらおそらく無理だろう。仕事は辞めろと言われるかもしれないし、趣味の街歩きや食べ歩きだってできなくなるに違いない。

宗家の妻として多くのことを学び、人生を九頭竜家に捧げなければならないのだ。それはできれば避けたいなあと考えてしまうのは二十歳の私には普通の思考だと思う。

「前に聞いたけど、儀式は陶製の剣を割るんでしょう。本当にそれで決まっちゃうの?」

「ああ、『誓約』の神事ね。そうそう、剣が割れなかったら一橋家、あとは割れた破片の数で決まるの。ふたつなら二科家、五つなら五香家って感じで。オメガのいない家の数や粉々に割れたら凶兆だから、半年日延べする」

日延べ、その可能性だって充分あるのだと私は少々身を乗り出した。半年あれば、もう少しメンタル的にも余裕ができるかもしれない。

「不思議なことに、日延べになったことは記録上一回もないんだって。おじいちゃんから聞いたけど、伯母さんのときは綺麗に五つに割れたらしいよ。後妻の三野家の方のときは、すでに他の適齢期のオメガが結婚していて、神事は行われなかったって聞いたかな。例外はそのくらいじゃない？」

幸が私の期待を砕くことをさらりと言う。つまりは泣いても笑っても来月ですべてが決まる。

聞けば聞くほどナンセンスな気もしてくるけれど、九頭竜家と八つの分家は代々そうしてアルファの一族を守ってきたのだ。古くは政《まつりごと》の裏にあり、今もなお政財界で凄まじい影響力を持つ九頭竜家の血を。

「それに宗家は分家のオメガを選ぶのが絶対の決まりなの。純血思想があるからね」

「そう、それも気になってた。九頭竜家がアルファかオメガとしか子どもが生せないっていうのは知ってるけど、分家以外のオメガやアルファをパートナーに選んじゃ駄目なわけ？」

私の質問に幸はうーんと考えるように顎を持ち上げ、答える。

「九頭竜末席の家なら、分家外でもオメガを探す傾向にあるかな。一族のアルファ同士で結婚したりね。でも嫡流の子、宗家の血筋は皆分家からパートナーを選ぶよ。言ったでしょ、純血でないと駄目なんだよ。未来視《さきみ》の力の信仰があるから」

　未来視の力、これは聞いたことがあるけれど、眉唾だと思っていた。なんでも九頭竜宗家には未来を見通す力があり、それが一族の繁栄、企業の興隆の礎となっているらしい。

「胡散《うさん》くさいけど、本当にあるの？　その能力」

「さ～、私は宗家じゃないからわかんないわ。でも、九頭竜家も分家も信仰はしてる。あるかないかじゃなくて信仰ね。ってことは、分家から嫁を取って純血を繋ぐって土台は変わらないねぇ」

　幸の言う通りだ。真偽はともかく、そうした思想で動いていて神事で嫁を決めるしきたりの一族なのだ。私がどうこう言って何かが変わることはなさそう。

「まあまあ、オメガの妻候補は今回六人。六分の一なんてそうそう当たらないわよ」

「私もそう思ってる。それに、くじ運強いし」

「この場合、強いのが裏目に出ないといいけどねえ。でも、もし妻になったらご両親も八街家の親戚も安泰だよ。早期リタイアして遊び暮らせるくらいの結納金が出るそうだから。何より分家としては最上の名誉だって、おじいちゃんは言ってたね」

　まるで当事者意識のない口調は、幸こそ『自分は当たらない』と思っているかのようだった。それともやっぱり、私を励ましたいからこんな調子なのだろうか。

「はあ、来月かあ。どんな服着ていったらいいの？」

「本家の集まりは着物かドレスが多いね。一緒に選びに行こっかぁ」

がっくりしている私と引き換えに、幸は気楽なものだった。


五月中旬の日曜、いよいよ誓約の儀式当日がやってきた。

私は初めて九頭竜家の邸宅に足を踏み入れる。朝早くに迎えの車がやってきて、都心ど真ん中の九頭竜家に連れてこられた。父は後から来るそうで、私だけ先に行くのだ。

車付けで同じく降車した幸と会ってほっとした。

「五香家の幸様、八街家の木葉様、ようこそおいでくださいました。こちらへどうぞ」

案内され、敷地を進む。広大な敷地を有する九頭竜家は、周辺をぐるりと森に囲まれた都心の喧騒《けんそう》とは無縁の静かな邸宅だった。敷地内には居住スペースである母屋以外に、来客応接用の平屋の棟、蔵、神殿などがあるそうだ。ちなみに門からは木立に阻まれ、母屋とおぼしき居住空間はまったく見えない。本当にここが同じ東京なのかと思うほど。

パンプスでさくさくと玉砂利を踏みながら案内されるままについていく。

今日の神事出席のために幸と選んだのは、それなりのお値段のフォーマルワンピース。

紺色にしようとしたら幸に『地味すぎ』と否定され、仕方なくペールブルーのジャケット付きのものにした。地毛は赤毛に近い茶色、百六十センチの身長、顔は平凡そのもの。ワンピースを着て、髪をアップにしてメイクをしっかりしても目立たないことは請け合いの私。

幸は私より十センチほど身長が高く、ロング丈のワンピースがすらりとしたスタイルによく似合う。幸と並んだら見劣りしそうだなとつくづく思いながらも、見劣りするくらいでいいのだと自分に言い聞かせた。

何しろ、花嫁が決まってしまえば、今後分家のオメガが九頭竜家に出入りすることもないのだから。もしかしたら九頭竜家の誰かと縁組は決まるかもしれないけど、それだって比べられるようなことはもうないはず。

案内されたのは来客用の棟だった。接遇用の庵《いおり》というよりは、和風建築の広々とした平屋である。一族の会合などにも使われるのだろうか。

控室に通されると、すでに他の花嫁候補がそろっていた。私と幸以外はお付きの女性がついて、お茶の仕度や身辺の世話をされている。

私たちは奥のソファに腰かけた。神事が始まるまではここで待機するらしい。

女性たちは皆、美しく着飾っていた。誰もが私を一瞥《いちべつ》したのは、飛び入り参加のオメガがどんなものかとチェックしたいからだろう。はいはい、どうぞご覧になってください。場違いなのは、私が一番よくわかっていますので。

「いつもこんな感じなの？」

「そうよ。まあ、今日は一段とピリピリムードね」

幸は平気な顔をしている。慣れてしまうのだろうか、女性たちが妍《けん》を競うこうした場に。

息を呑《の》む私に、幸がこそこそと耳打ちをしてきた。

「ほら、こっちを睨《にら》んでいるのが二科家の亜美様よ。彼女は征士郎様の大ファンだから、すべての花嫁候補を全力で敵視してる。今日も怖いわぁ」

そろりと見れば、確かに鋭い視線を向けてくる女性がいる。オーガンジーのロングドレスを身に着け、長い髪をサイドアップにし、きらきらとしたビジューをあしらっている。明らかに私と幸とは気合の入り方が違う。

「ぽっと出の私の存在なんて超絶邪魔だろうね」

「彼女からしたら皆邪魔よ。あっちが四谷家のりおん様。征士郎様と同じ二十五歳。その向こうが七海家の京香様。私たちよりふたつ上で、この春からナイングループに就職されたそうよ」

幸が教えてくれる花嫁候補たちは、皆一様にツンとし、お互いに世間話をするような様子もない。

「あちらが一橋家の由佳子様。最年少の十五歳」

あどけない振袖姿の少女は、乳母なのか年嵩《としかさ》の女性に付き添われている。彼女だけはこちらを意地悪に見てきたりはせず、おとなしく上品に座っている。まるで愛らしい人形のようだ。

「ひゃ～、お肌つやつやのぷるぷる。高校生？」

「そうそう。振袖が初々しいよね」

こうして見ると、花嫁候補は皆、宗家のために養育された特別なオメガなのだ。頭ではわかっていたけれど、この場に参加してみて、改めて大変な世界に来てしまったと実感する。

「皆様、お時間ですのでご案内いたします」

花嫁候補たちは言われるままに外廊下を通り、神殿へ向かった。そこにはずらりと九頭竜一族が居並んでいた。板敷きの間に椅子が置かれ、末席には父の姿も見えるので分家当主は最後尾にいるのだろう。

案内されるままに祭壇から斜め前に位置する花嫁候補の席についた。居心地が悪い。九頭竜家の多くの人が、私の顔を眺めている。成人してからオメガと診断された珍しい女性。突然加わった新たな花嫁候補。

それが好奇の視線なのか、オメガとして見分されているのかわからない。何しろこの花嫁選抜を免れても、九頭竜家には貴重なオメガではある。

ふと顔を上げると、私たちの対面、奥から人が現れた。羽織袴《はかま》姿の年嵩の男性、同じ格好の中年の男性。中年の男性の顔はすぐにわかった。現宗家だ。ナイングループの代表取締役社長・九頭竜征頼《まさより》。

そして、少し遅れて入ってきた一際背の高いスーツ姿の男性。

その顔を見た瞬間、どくんと心臓が大きく鳴り響いた。

「……っ、…………え？」

痛いほどの衝撃だった。内側から大きな手でつかまれたような心臓の軋《きし》みを感じ、一気に拍動が速くなった。恐ろしい音でどくどくと心臓が鳴り響く。

自分自身の身体の異変に慄きながらも、その男性から目が離せない。

艶やかな黒髪、恐ろしいほど美しい顔立ち。身長はゆうに百八十センチ以上はあり、手足が長く骨格がしっかりしている。立ち姿は流麗で、まるで彫刻のようにそこにいるだけで雰囲気がある。

あの人が、九頭竜征士郎？

次代宗家？

どう見てもそうに違いないのだが、考える余裕がない。心臓の音は外に聞こえそうなほど大きく、さらには全身が熱く息苦しくなってきた。椅子から下り、転がってしまいたいくらいなのに、彼から目が離せない。

そして、驚くべきことに彼もまた私を見ているのだ。他の誰でもなく、まっすぐに私を。

自意識過剰だと私は慌てて視線をそらす。しかし、磁力でも働いているかのように彼に視線を送らずにはいられない。そうして再び見つめれば、やはり九頭竜征士郎は私を見ているのだ。

「すみません、ちょっと」

私は近くに控えた男性に声をかけ、よろよろと席を立った。儀式までまだ少し間がありそうだ。このままでは謎の変調で倒れてしまうかもしれない。少し外の空気を吸ってこよう。

九頭竜家や分家の人間の視線が痛いけれど、この場で彼と見つめ合っているよりい い。

外で深呼吸をしているうちに、激しかった鼓動と身体の火照りが治まってきた。

今のはなんだったのだろう。

私は思ったより緊張していたのかもしれない。こんな場に重要な役割で参列するなんて初めてだものね。

どうにかいつもの足取りで席に戻った。ちらりと顔を上げると、またしても九頭竜征士郎と目が合った。彼は私の戸惑いを他所に無遠慮にこちらを見つめている。

そうか、考えてみれば彼は他の花嫁候補には何度か会ったことがあるのだろうけれど、私を見るのは初めて。成人してオメガになったという変わり種が珍しくて、見ていたのだろう。それなのに勝手に緊張して、自意識過剰だったなあ。

そんなことを考えているうちに儀式は始まった。

まずは祝詞《のりと》の奏上があり、他にもいくつかの神事を祭司が手順を踏んで進めていく。

祭司は宗家の近親が務めるという。今回は当代宗家の叔父、先代宗家の弟である壮年の男性だ。私はわけもわからずそれを見守っていた。

「誓約の儀、し奉ります」

いよいよ神事のメイン。祭司が陶製の宝剣を手に祭壇前に進み出た。祭壇前に用意された木製の盆に向かって、宝剣が祭司の手を離れた。

がしゃんと大きな音が響く。

「八つ、宝剣は八つに割れている」

「八街家だ」

祭司と先代宗家の声が響き、私は愕然《がくぜん》とした。

六分の一の確率。当たるはずがない。ほんのついさっきまでそう思っていたというのに。

それと同時にどこかですっと腑《ふ》に落ちている自分も感じていた。九頭竜征士郎の顔を見た瞬間から、どこかでこの未来が確定であったような……。

(違う。……そんなの絶対に違う)

当然、感情面では精一杯この状況に抗っていた。嘘でしょう。私なんかじゃ務まらない。花嫁教育は受けていないし、オメガとしても機能するかわからない。普通が一番の私に、宗家の花嫁なんか無理だ。

それなのに……。

「次代宗家・九頭竜征士郎の妻は八街家のオメガ。八街木葉と誓約において決定しました」

祭司の声に、私は立ち上がる。一族に頭を下げ、どよめきの中、九頭竜征士郎に歩み寄った。まるで引き寄せられるみたい。身体は逃げるどころか、九頭竜征士郎の元へ向かってしまう。

差し出された手に、自らの手を重ね、私は彼を見つめた。身体が自由にならないような感覚だ。

「八街木葉」

彼の唇が確認するように私の名を呼んだ。なんて耳に心地いい声だろう。盛大な拍手の中、私にだけ聞こえる声で彼は言った。

「俺の花嫁、俺のオメガ。九頭竜の血を引く数多の子を産んでくれ」

低く美しい声に、私は身じろぎひとつできず、彼を見つめ続けた。

二　宗家の花嫁

誓約の儀式の後、帰宅してから私は高熱を出し寝込んだ。

よほどショックだったのか、原因不明の高熱は丸一週間続き、ほとんどの時間をベッドでうんうん唸《うな》って過ごしたのだった。

一週間でぴたっと熱は治まり、起き上がれたときには、私の知らないところで今後がすっかり決まっていた。

「九頭竜家から嫁入りまでの日程について説明があった」

両親は九頭竜家に呼び出され、スケジュールをあれこれ指示されたそうだ。

「半年の婚約期間、結納、九頭竜家敷地内の新居にて同居開始、来年五月に挙式」

私は紙に書かれたスケジュールを見て、それから両親の顔を見た。熱を出している間、ろくに喋れもしなかったので、両親とこの件について話すのも初めてだ。

「選ばれちゃった、宗家の花嫁」

あははと笑ってみせるものの、自分の笑顔が引きつっている自覚がある。

「気乗りしないっていうか、むしろ私でいいのかなって感じなんだけど、仕方ないよね。八街家的には宗家の妻を輩出するっていいことなんでしょう。金銭的にも、名誉的にも」

「親戚一同名誉なことだと大喜びしているよ。宗家の妻を輩出したのは江戸時代初期が最後らしいから、ざっと四百年ぶりくらいかな。そりゃもうお祭り騒ぎになってるよ」

父が苦笑いで答える。憔悴《しょうすい》しているように見えるのは、突如として分家当主の仕事が増えたせいもあるのかもしれない。

その横で母は思いつめた表情でいる。母は私の宗家への嫁入りを心配していたのだ。きっとこの結果に胸を痛めているだろう。

「お母さん……」

「木葉、こうなったら宗家に気に入られてたくさんの子どもを授かりなさい」

ぱっと顔を上げた母がやる気満々に言い切った。想像と百八十度違う反応に私はたじろぐ。あれ？　木葉が可哀想って言っていたはずなんだけど、この人。

「お母さん？　あれ？　あれ？」

「考えてみたら、木葉は子どもの頃から風邪知らずの健康優良児。よく食べて、暇さえあれば外で遊んでいる元気な子だった。今だって、休みのたびにあちこちふらふら歩き回ってるじゃないの。オメガ性になっても、その根本は変わらないわ。きっと健康な子どもをたくさん産めるはず！　九頭竜家の血を繋ぐ大事なお役目、しっかり果たしなさい！」

「……お母さん、いきなり結婚推進派に鞍替《くらが》えしてるんだけど」

私がこそこそと言うと、父はため息をつく。

「この前、九頭竜家で当代宗家と直接話してね。宗家の征頼様はお話し上手だから、木葉のことも八街家のことも褒めちぎってくれてね。木葉の産んだ子がいずれは宗家になるから、私たちは宗家の祖父母になるって言われて。お母さんは木葉のお嫁入りにその気になってしまったというか」

「そんな……この前まで心配とか可哀想とか言っていたのに」

どうやら、母は一族のトップに直接丸め込まれてしまったらしい。根が素直で単純な母だから、宗家で巨大企業の代表取締役社長に説得されたらひとたまりもなかっただろう。

母は、あきれ顔の私と父に勢いよく言い訳する。

「私は名誉とか金銭的な面で喜んでいるわけじゃないのよ。次代宗家の征士郎様がとても素敵な若者だったから、木葉を任せてもいいかなって思えたのが一番大きな理由よ！」

「征士郎様……次代宗家とも話したの？」

思い浮かぶのは誓約の日の彼。私の手を取りささやいた。『俺のオメガ』と。

彼は当然とばかりに、初対面の私の手を取った。話したこともないオメガの手を。

「お話をしたわよ。私たちにとっては義理の息子になるんだもの」

母は息巻いて言う。

「まるで神様みたいに綺麗な男性だったわ～。アルファは整った顔立ちの方が多いと聞いていたけれど、征士郎様は常人には近寄りがたいくらい美しい人ね。ナイングループの社長就任はずっと先になるそうだけれど、今も副社長として辣腕《らつわん》を振るっているみたいじゃない。物腰も柔らかくて、口調も丁寧でおごり高ぶったところもない。何より、木葉を大事にすると私とお父さんに誓ってくれたのよ」

「ええ……本当に？」

「それは本当だよ。征士郎様は木葉を気に入ったそうだ。生涯大事にするからお嬢さんをくださいと私たちの前で頭を下げてくれたんだよ」

私が寝込んでいる間にそんなやりとりがあったなんて。

九頭竜征士郎という人は確かに恐ろしく美しい男性で、誰が見てもアルファのオーラバリバリのスーパーエリートといった雰囲気だった。そんな彼が私を気に入った？

そして両親に頭を下げて妻にくださいと懇願《こんがん》した？

いや、そもそも彼が選んだのではない。謎の儀式で私に決まっただけじゃない。

きっと、彼は誰が花嫁になっても、私にしたように手を取り耳元でささやいたのだろう。『俺のオメガ』と甘い声で。

「木葉、おまえにとっても思うところはあるだろう。しかし、分家の宿命としてこの結婚は逃れられないもの。どうか受け入れてほしい」

父が改めて頭を下げた。

「めでたいことだと喜ぶべきだが、父親としてはおまえの自由を奪うようで申し訳ない」

母と違って、父はまだ私の行く末を心配しているのだろう。本家の説得を受けてなお。

父は今まで私に道を強いたことがない。私の希望通りに地元の公立校に通わせてくれたし、短大進学や就職先についてもうるさく言われたことはない。八街家は叔父の家の従兄が継ぐと昔から決まっていたので、必ず結婚をして跡継ぎを作れとも言われていない。

「お父さん、私は大丈夫。そんなこと言わないでよ」

オメガであることも、宗家の妻に決まったこともいまだ現実味がない。逃げられるものなら逃げてしまいたい。

だけど、父に責任を感じてほしいわけでも、生まれを恨みたいわけでもないのだ。成人するまで明るく楽しく暮らすことができた私に降って湧いた大事件。ひとまず受け入れてみよう。

「まあ、私ってマイペースでおおざっぱで、花嫁教育も受けてないからだいぶ宗家に相応しくない感じでしょ？　そのうち、次代宗家も私じゃ嫌だって言い出すかもしれないよね。まずは会って色々お話ししてみるよ」

苦笑いで言う私に、母がずずいと身を乗り出してくる。

「木葉のスマホの連絡先はお教えしておいたからね。近いうちに征士郎様がお食事に誘ってくださるそうよ。婚約期間中にたっぷり仲を深めておきなさい」

母の勢いに私と父は最後まで苦笑いだった。


オメガ。

産む性と呼ばれるバース性のひとつで、超希少。ほとんどが女性で、ごくわずかに男性オメガも存在している。

幸は『セレブ婚確定種族』なんて言っていたけれど、その性質から差別され蔑まれていた時代も長かった。

オメガが起こすヒートという発情期は、フェロモンがだだ漏れ状態になり、オメガにその気はなくとも周囲のベータもアルファも無差別に誘惑してしまう。特にアルファはオメガのフェロモンに抗えないそうだ。

オメガはフェロモンを抑えなければならない。自身を守るため、周囲を守るため、不幸な事故を起こさないように努めなければならない。

そのための一番の方法が抑制剤を飲むことである。

体質に合った抑制剤を飲み、ヒートを起こさない。起こしても軽微で済ませるのだ。さらにヒート時のアルファとの性交は妊娠する確率が高いため、ピルを常用しているオメガも多いそうだ。

アルファとの間に、生涯のパートナーである『番《つがい》』の契約をすれば、フェロモンは自然と抑えられるという。これは性交の最中にアルファがオメガの首を噛《か》むことで成立する。

つまり、私はオメガとしてヒート発作を起こさないため抑制剤を飲み続け、いずれは夫となる九頭竜征士郎と番契約を結ぶ必要がある。

「番……ねえ」

私はスマホの液晶を眺めて呟いた。

そこには九頭竜征士郎からの最初のメッセージがある。

【日曜日の正午　迎えの車が行く。昼食をともに】

以上である。

これが婚約者への連絡だろうか。このメッセージには、両親の言っていた『木葉を気に入った征士郎様』の雰囲気は一切ない。やはり母が話を大きくしたのではなかろうか。

一週間の寝たきり生活ですっかり体力が落ちた私は、今日まで仕事が休み。ごろりとベッドに転がり呻《うめ》いた。

婚約者とお食事。泣く子も黙る九頭竜家の次代宗家とランチデート。

とても気乗りがしない。寝込んで体力が失われたから気力が足りないのだろうか。

いや、私はまだ宗家の嫁という立場に戸惑いがあるのだ。両親の手前、物わかりよく済ませたが、本音を言えばやっぱり嫌だ。気ままに生きていける道は、もう私に残っていないのだろうか。

「木葉、お邪魔するよ～。体調大丈夫？」

そう言って部屋に入ってきたのは幸だ。今日は学校帰りに寄るとは言っていたけれど、顔を合わせるのはあの誓約の日以来。

「幸……」

「おめでとうって言っていいのかな。宗家の妻内定」

「おめでたくはない……っていうか、幸を差し置いて私だなんて、なんか申し訳ない」

私の言葉に幸がからっと明るく笑った。

「いや、他のご令嬢はともかく私的にはありがたいよ～。木葉が大役を引き受けてくれてさぁ」

やはり幸も本心から宗家の嫁は荷が重いと思っていたようだ。他にもセレブ妻への道がある幸からしたら、面倒事の多い一族の中枢なんて入りたくなくて当然かもしれない。

「それにあの誓約の日、征士郎様はずーっと木葉を見てたじゃん。これはもう木葉で決まりかなって思ってたもん」

「私が花嫁に決まったのは儀式の結果でしょ。征士郎様がどう感じていたかとか関係なくない？」

本人たちの意向など関係なしに宝剣の割れ具合で決まる結婚なのだ。そしてくじ運最強の私がそれを引き当てたという……。

幸はとっておきの話と言わんばかりに、にやにや笑って言う。

「これが関係あるらしいんだよね～。歴代宗家は、誓約の儀式より先に未来の妻を見初めるんだって。そして不思議なことに誓約では必ずそのオメガが選ばれる。私の伯母もそうだったらしいよ～」

「はあ？　そんなの何か細工してるんじゃないの？　宝剣にあらかじめヒビを入れておくとかさ」

私の反論に、幸はまだ面白そうに笑っている。

「たとえ細工がされていたとしても、それって『宗家が選んだオメガ』ってことでしょ？　そもそも古くからの神事より、九頭竜宗家が選んだほうが間違いない相手だと思わない？　アルファの本能で選んでいるんだから」

「う、確かに」

しかし、私と彼が出会ってすぐに儀式はあった。宝剣に細工をする時間はなかっただろうから、私たちは少なくとも運で選ばれたのだと思う。

「征士郎様は何度も私たち花嫁候補に会ってるし、個別で食事とかも行ってるんだよ。でも、今まで誰かになびいた様子はない。少なくとも私は見ていない。そんな征士郎様が、木葉から目が離せなくなってた。こんな征士郎様、初めて見たーって思ったよ。他の花嫁候補も皆思ったんじゃないかなあ」

分家の花嫁候補にまでそんなふうに見られていたのだろうか。他の候補者に代われるものなら今からだって代わりたいと思っているくらいなんだけれど。

「木葉はびびっとこなかった？」

「びびっと？」

「征士郎様を見て何か感じなかった？ってこと」

あのときの身体の熱感と息苦しさを思い出す。心臓が馬鹿になってしまったみたいに鳴り響いて……。でもあれは緊張していたからだと思うし。

「よく、わかんないよ」

「でも、実際木葉が選ばれて、征士郎様は木葉を気に入ってる感じなんだし」

「う～ん、征士郎様は分家のオメガなら誰でもいいんだと思うよ。格別私を気に入ったってわけじゃない。確かに目は合ったけれど、たぶん新顔だから物珍しくて見てたんだよ」

「それは本人に聞いてみればいいんじゃない？　婚約期間はデートを重ねて仲良くなるんでしょ、確か。性交渉は合意なしじゃ駄目ってことだし、普通にお友達から始めてみたら？　同居までに進展すればいいんだから、間はあるよ」

幸は花嫁候補として育てられた分、私よりこの先のスケジュールに詳しい。私は嘆息した。

「オトモダチって雰囲気の人じゃないけどね」

ぽっと出の私が選ばれてしまった手前、あまり嫌がっている素振りは見せづらい。幸は宗家の花嫁に選ばれたかったわけではなさそうだけど、正式な妻候補として教育されてきたのだ。恋愛や生活なども制約があったに違いない。それらの費やしてきた時間を、私が無駄にした格好なのは間違いない。

「征士郎様、何考えてるかわからない人だけど、花嫁候補には平等に優しい紳士だったよ。木葉は誰とでも仲良くなれるタイプだし、きっといい夫婦になれるよ」

「そうだといいな」

「あとは超イケメンだからね。顔を見てるだけでめちゃくちゃ癒やし。むしろ元気が出ちゃいそう」

「あ、それは納得」

私は深々と頷いた。まだよく知らない婚約者だけど、顔と声とスタイルは文句なしにいいものね。

そうこうしているうちに、約束の日曜がやってきた。

家の前には九頭竜家からの迎えの車がつけられ、正午ぴったりにチャイムが鳴る。私は車に乗り、そのまま都心のレストランに連れてこられた。レストランといっても高級会員制のサロンがメインで、一般の人が入れるのはラウンジのカフェだけというところ。私が案内されたのは会員向けのサロンのさらに奥の個室だった。

次の間がありメインルームに入る。ラグジュアリーホテルのスイートみたい。泊まったことはないけれどイメージはそんな感じだ。

メインルームの窓辺にその人は立っていた。

「ようこそ、八街木葉」

振り返って九頭竜征士郎は微笑んだ。フランクな笑みではない。まるで仕事相手に対するような笑顔だ。私はそれこそ職場の面接のときのように、きっちりと頭を下げた。

「お招きいただきありがとうございます。征士郎様」

「様、はよくないな。夫婦になるのだから。征士郎でいい」

「それは……ええと、征士郎さんと呼ばせていただくことはできますでしょうか」

私の返事に少し不満そうな顔をして、彼——征士郎さんは頷いた。

ちゃんとした会話は初めてだ。こうして会ってみると、やはりとてつもなく美しい男性だ。私より二十センチ以上高いだろう身長、ワックスでアップにしているとはいえ艶のある黒髪。同じ色の瞳は不思議な魅力を放っていて、目が離せない。

何よりオーラが違う。ただ同じ部屋にいるだけで私とは住む世界がまるっきり違う人間なのだと感じられる。

顔を見ることとすらままならず、言葉を選んでいると征士郎さんが先に口を開いた。

「身体はその後問題ないか？」

「あ、ご心配をおかけしました。もう大丈夫です。熱が出ただけでした」

「ファーストヒートだ。そういう反応もあり得る」

え、と私は顔を上げる。すると征士郎さんと目が合う。どくんというあの激しい鼓動がよみがえった。私は身体の異変に驚き、胸を押さえた。

「え、あ……っつ」

「まだ安定していないか。少し落ち着け」

ばくばくと凄まじい音で鳴り響く心臓。背を丸め、必死に呼吸を保とうとしていると、征士郎さんが私の肩を抱いた。触れられた瞬間もびくんと身体が跳ねてしまうような衝撃があった。何これ、私の身体はどうしてしまったの？

「こちらへ」

征士郎さんは私を支え、椅子に座らせてくれた。私は胸を押さえたまま、信じられないような気持ちで彼を見上げた。

「ヒート……？」

「安心しろ。今の木葉の状態はヒートというほどのものではない。しかし、俺のアルファのフェロモンに反応しているのは間違いないだろう。誓約の日もそうなったな。俺にも伝わってきた、おまえの鼓動と匂いが」

「あ、あの……熱は……ファーストヒート？」

私が寝込んだ理由を、彼はそう言った。ただの知恵熱くらいに思っていた症状がヒートだったというのだろうか。

征士郎さんはわずかに目を見開き、それから優しく細めた。

「気づかなかったのか。おまえは俺と出会ったことで、ファーストヒートを起こしたんだ。高熱はそのせい」

そう言って私の頭を撫で、赤茶の髪をひと房すくい上げる。ちゅ、と髪に口づけられ、驚いて椅子の上で跳ね上がってしまった。鼓動がいっそうどくどくと激しくなる。

「こうしてそばにいれば、確信する。木葉、おまえはやはり俺のオメガだ。運命の番になるべく存在している」

「運命の番……」

それはいわゆる言い伝えのレベルの伝承。出会えば惹《ひ》かれ合う、魂で結ばれたアルファとオメガのカップルのことだ。この人がそんなロマンティックなことを言うなんて。

「都市伝説とでも思っているか？　運命の番は確かに存在する。俺の場合はおまえだ、木葉。出会えばわかる」

「征士郎さん……あの」

「ひとまず落ち着け。呼吸を整えて」

征士郎さんは隣に寄り添い、髪を撫でていてくれる。緊張感もあるけれど、時間が経つごとに彼の香りや気配が身体に馴染むような感覚になる。不思議と呼吸と鼓動が落ち着いてきた。

自分がオメガであることを強く実感したのはこの瞬間だったかもしれない。私は征士郎さんのフェロモンに反応してしまったのだ。あのときも、今も。

「さて、では食事をしながら親交を深めるか」

征士郎さんがスマホを鳴らすと、食事はすぐに運ばれてきた。フレンチのコースのようだ。

ワインとオードブルを前に征士郎さんが微笑む。

「木葉、おまえのことを聞かせてくれるか。資料はあらかた読んだが、おまえの口から聞きたい」

「あの、征士郎さん」

「これから夫婦になるのだから、お互いよく知り合わなければならないな」

「そのことなんですが……！」

私は思い切って彼を見つめる。

「本当に私が征士郎さんの妻で間違いないのでしょうか」

「ああ、間違いない。誓約で決まっただろう」

こともなげに即答されてしまった。私はたじろぎ、それでも言い募る。

「私は先月にオメガと診断されたばかりです。九頭竜家の花嫁候補としての教育も受けていません。私では、九頭竜宗家の妻に相応しくないように思うのですが」

「誓約の結果も、俺の本能も間違っていないと言っている」

本能というのが、この鼓動と疼きであるなら私の身体も間違いなく反応はしている。

だけど、アルファとオメガにとって当然のことなら、オメガは私でなくてもいいのだ。

初めてふたりきりで会うこのとき、私は征士郎さんの口から『他のオメガでもいい』という言質を取りたかった。だからといって私の立場が覆るわけじゃないけれど、まだ精神的に逃げ場がある。彼の妻になりたがっている花嫁候補はいるはずだ。

私はまだ普通の暮らし、ベータとして生きる人生に未練があるのだろう。九頭竜の嫁には不適格だと向こうから烙印《らくいん》を押されればどれほど楽か……。

「私自身は、未来の宗家の妻になる心構えができていません。それに、征士郎さんのおっしゃる本能というのも……私にはわかりかねます」

精一杯言いながら、膝の上で握った拳が震えているのが自分でわかった。アルファのオーラの前のオメガとは皆こうなるのだろうか。なんだろう、根本的に逆らえないような圧を感じる。彼はただそこに泰然自若として座っているだけなのに。

「それは俺には惹かれていないということか？」

征士郎さんに低い声で尋ねられ、私は飛び上がりそうになってしまった。明らかに失礼なことを言った。どうしよう、機嫌を損ねてしまっただろうか。

しかし、顔を上げて彼の表情を見たとき、私は言い訳の言葉をなくしてしまった。テーブルの向こうの征士郎さんはワイングラスを手に、驚いたように目を見開ききょとんとしていた。それは、威厳ある次代宗家の表情とは思えない。呆気《あっけ》に取られた子どもじみた顔。

たった今まで感じていた九頭竜の圧が霧散した。あれは私の緊張感だったのだろうか。

いや、彼が怒っていないなら、はっきりと主張してしまおう。私は彼を見つめて勢いのままに頷いた。

「はい……！　征士郎さんには惹かれておりません！」

婚約者相手に、堂々と宣言しすぎた気はする。征士郎さんは見開いた目で、さらに私をじいっと見つめてくる。

本当のことを言えば、征士郎さんは格好いい。とても素敵な男性だと思う。宝石のような黒い瞳をいつまでも見つめていたいし、高鳴る鼓動に身を任せてしまいたい衝動すら覚える。

だけど、この感覚がオメガ特有のものなら、それは恋ではないのだ。私は征士郎さんに惹かれているわけじゃない。オメガの本能に引きずられているだけ。

「木葉、おまえがこの結婚を断れない立場なのはわかっているんだろう？」

「わかっています。でも、征士郎さんが他家のオメガを選ぶとおっしゃれば……。結局は宗家のお心が一番だと思いますし」

「なかなか大胆な提案をするな。花嫁教育を受けているオメガは皆、俺に選ばれることを喜ぶものだと思っていたから、木葉の反応は新鮮だ」

天然なところがあるのか、自信満々な言葉をさらりと言い、征士郎さんが微笑んだ。

「残念ながら誓約の儀式は絶対だ。そして、俺は一目見たときから、妻はおまえだと確信している。宗家のお心次第とおまえは言ったが、それなら俺は木葉を選ぶ」

墓穴を掘った。論破され、私はうぐぐと詰まる。そんな私を楽しそうに眺め、征士郎さんは続けた。

「木葉は俺のアルファを求めている。しかし、目覚めたばかりのオメガは不安定なものだ。半年の間に、おまえから俺を求めるようになるだろう」

オメガはアルファに惹かれる。逆もまたしかり。それは恋愛ではなく、本能的なものではないだろうか。

恋愛に憧れていたわけじゃない。結婚するなら恋愛結婚と決めていたわけでもない。

だけど、私はオメガになった瞬間から、アルファに都合のいい存在となり、子孫を残すために選ばれる女になったのだ。

そうか、幸と話して抱いた違和感はこれだ。

裕福で地位のあるアルファに選ばれ、生涯平穏に苦労を知らずに過ごせるのが現代のオメガであるなら、そこに愛は不要なのだ。

この人も私を、子孫を生す道具だと思っているのだろう。

〝九頭竜の血を引く数多の子を産んでくれ〟

この人に最初に言われた言葉もそれじゃないか。

「木葉」

呼ばれて私は弾かれたように顔を上げた。まずい。黙ってうつむいてしまった。またしても失礼な態度を取ってしまった。

「木葉は、俺の顔は嫌いか？」

「え？　はあ？」

突然の質問に私は目を丸くし、眉をひそめた。質問の意図がわからない。やっぱりこの人、少し天然なのかしら。大真面目に妙な質問をして、私の反応を見ているのだろうか。

「アルファの多くが整った容姿で生まれてくる。俺自身、そう悪い容貌《ようぼう》はしていないつもりだ。ただ少し冷たくは見えるようだな。弟の恵太は男性アイドルのような愛《あい》嬌《きょう》のある顔立ちをしているんだが、木葉はそういった男のほうが好みか？」

「え、いや、あの。好みというか」

このトークの意図がまったくわからないのですが、とは突っ込めずに返す言葉に迷う。しかし、この世紀の美青年を捕まえて、好みじゃないなんて嘘をつけるわけもない。

「あの、征士郎さんのお顔立ちは、とても綺麗で……その、私にはもったいないくらいというか」

「嫌いか？」

「嫌いなわけありません。そ、その、好みかというと好みすぎるくらいで……素敵で、えっと、正面から直視できないほど好きなお顔立ちです……」

私は何を言っているんだろう。真っ赤になりながら、婚約者の顔が好きと告白させられている状況である。

すると征士郎さんがぱっと明るい笑顔になった。それは、最初に見た仕事の延長のような表情ではない。先ほどのきょとんとした顔といい、結構表情豊かな人なのだと感じる。

「そうか、顔が好きなのはプラスポイントだな。俺は半年で木葉に恋をしてもらわなければならない。アルファとオメガとしてだけでなく、ひとりの男として好いてもらおうと思っている。顔が好きというのは大事な一歩といえるだろう」

数瞬前の私のさみしい気持ちをガンガンつぶしにかかってくるこの人。

恋？　それは私と恋愛をしようと言っているの？　それを真剣に提案してくるなんて、本当に九頭竜の次代宗家なのかしら。

「私が征士郎さんを好きになるのが、望みですか？」

征士郎さんが深々と頷く。

「なお、俺はもうかなり木葉のことを好ましく思っているぞ。木葉の顔立ちもスタイルもとても可愛らしいと思っている。一日中見ていても飽きないくらいだ」

「あ、あの、私のことはいいので……」

「惚《ほ》れた欲目というやつか。木葉のすべてが可愛い。木葉に会うまでこんな感情は知らなかった」

その可愛いという感情こそアルファの性欲である気もするのだけれど、私は言い返す気力もない。アルファの欲を初恋だと思い、私を愛そうとしてくれるこの人。九頭竜の次代宗家。

私はこのまま、この人のお嫁さんになっていいのだろうか。

この日から私と征士郎さんの婚約者としての日々が始まった。

毎週日曜はお互いのために空け、デートをすることになったのだ。私は書店員なので、日曜が定休ではない。しかし、多忙であろうナイングループの副社長が私のために時間を割いているのだ。私が融通しないわけにはいかない。

会社にはオメガ性の届けを出していたので、店舗責任者の店長には『婚約者と毎週会わなければならないので、週休を日曜にしてほしい』と頼んだ。管理職のマニュアルにあるのか、オメガにはよくある事情と店長はシフトの調整に協力してくれた。

まさか私の婚約者が九頭竜家の次代宗家とは思わないだろう。ナイングループの経営者一族として、九頭竜家は有名だ。

毎週日曜は朝から迎えが来る。征士郎さんお抱えの運転手が、私たちをどこへでも連れていってくれるのだ。さらに後続車にはボディガードが二名、必ず同行しているし、事あるごとに秘書の菱岡《ひしおか》さんという男性が征士郎さんの元へやってくる。

こうしていると、デートというか常に団体行動をしているような感じだ。

さらにデートの行き先も、私が普段行かないようなところばかり。美術館や有名な陶芸作家の展示会、高級な料亭やレストラン、貸し切りの客船でオーケストラの生演奏を聴きながらランチというのもあった。

正直、馴染みがなさすぎて反応に困る。

征士郎さんはどの瞬間も紳士で優しい。知識も豊富で、ひけらかさない程度に私の疑問や質問に答えてくれる。

そう、征士郎さんは本当に素敵なのだ。

ここは力を込めて言える。

身のこなしや所作すべてが洗練されていて美しいのは上流階級の男性だからなのだろうけれど、発するオーラというか雰囲気というかがそこはかとなく上品。それでいて、私をじっと見つめる視線はときになまめかしく、色っぽい。

『楽しんでくれているか？　木葉』

『何か食べたいものはあるか？』

『あまり遅いとご両親が心配するだろうか。遠慮なく言ってほしい』

私を覗き込むように見つめる顔は、端整なのに愛らしくも見える。

彼の視線にあるのは、私への好意。熱心でひたむきな視線に、私もぐらぐらしてしまう。

間近で微笑まれると、その笑顔の破壊力に胸を押さえてしゃがみ込んでしまいそうになるもの。

そんなときにだいたい秘書の菱岡さんが『征士郎様、失礼します』なんて入ってくるのだけれど。

さて、こんなデートをひと月以上も繰り返していると、私もさすがに罪悪感に近い感情を覚え始める。

征士郎さんは貴重な時間を割いて私と会ってくれている。九頭竜家からしたらたいしたことはなくても、お金だってだいぶかけている。

それなのに私はこのデートを心から楽しんでいないのだ。

征士郎さんが気遣ってセッティングしてくれているというのに、ちょっと我慢している感じになっているのだ。何しろ、普段美術館は興味のある絵描きさんの展示会以外行かないし、高い料理ばかりだと緊張して味がよくわからないし、たくさんの人に見られながら食事するのもきつい。さらには、常に運転手さん、ボディガードさんと一緒。かなり高確率で菱岡さんも一緒。口には出せないが、デートらしくない。

その上、ちょくちょく仕事の連絡で『すまない、木葉』と席を外す征士郎さんを見ていると申し訳なさも極限だ。

「征士郎さん、週末のデート、無理なさらなくていいですよ」

五回目のデートのとき、私はいよいよそう言った。書と額装の展示会と料亭での食事の帰り道だった。征士郎さんは私の隣に座り、いつも通り運転手さんが快適な運転で私を調布の実家に送り届けてくれている。

征士郎さんは私の言葉に驚いた顔をした。

「退屈させていたか?」

「い、いえ、そういうわけじゃないんです」

ただ私が大人のデートに親しめないだけで、さらに多くの人に囲まれた要人とのデートに慣れないだけで……。

「お忙しい征士郎さんを毎週拘束していることが心苦しくて」

「俺は木葉と会える時間を楽しみにしている」

征士郎さんはきっぱりと言い切り、それから考えるふうにうつむき表情を曇らせた。

「……しかし、そうだな。俺の都合で振り回しすぎたな。今日の展示会も、九頭竜家と親交の深い書家に招かれて行った。俺の休日はいつもそんなものだから。食事も今まで分家の花嫁候補たちと行ったところに連れていっていた。皆、文句もなさそうだったから木葉も喜んでくれるかと思っていたんだが、無神経だったかもしれない。何より、しょっちゅう菱岡が来るから落ち着かなかっただろう」

なるほど。そういう理由でこの一ヶ月のデートはプランニングされていたのね。行き先は仕事の延長、食事はこういうものが喜ばれたという過去のテンプレ……。

そしてそれを振り返って反省させてしまっていることに私は慌てた。

「征士郎さんが私を気遣ってくださっているのはわかります。デートが嫌だったとかではなくて、純粋に征士郎さんのお時間を奪っているのが申し訳ないんです」

「でも、デートをやめたら、俺は木葉に会えないだろう」

征士郎さんが私をじっと見つめてくる。そのひたむきなまなざしはまるで忠犬のよう。

こんな気持ちを、私よりはるか上の身分の男性に抱いちゃいけない。だけど、その熱心な視線は可愛いし、いじらしいし、胸がぎゅうっと締めつけられるみたいにときめくのだ。

「俺は木葉に会いたい。どうしたら……ああ、そうだ」

征士郎さんはいいことを思いついたとばかりに表情を明るくした。

「来週は木葉が行きたいところへ連れていってくれ。木葉は休日、どんなふうに過ごしているんだ？」

「え、ええ？　私ですか？」

「そうだ。書店に勤めているのだろう。本が好きなら読書か？　古書店を回ったりしているのか？」

綺麗な目を少年のように輝かせて私に迫ってくる征士郎さん。気圧されつつ私は答える。

「えっと、古書店巡りはたまにします。あとは、SNSで美味しいって言われてるスイーツを食べに行ったり、街をぶらぶら歩いたり、あてもなく電車に乗って知らない土地に行ったり」

「結構アクティブじゃないか。それにとても面白そうだ」

征士郎さんは即座にスマホを取り出し、コールする。

「俺だ。……ああ、そうだ。次の日曜は完全休みにする。相手は菱岡さんのようだ。そのために仕事を調整してくれ」

さくさく指示を出して電話を切ると、運転手の壮年の男性に向かって言う。

「桜井《さくらい》さん、来週の日曜は彼女とふたりきりで出かけようと思う。あなたも休んでくれ」

「それはようございますね。坊《ぼっ》ちゃん」

桜井さんという運転手はバックミラー越しににこやかに答える。坊ちゃんというからには、古くからお仕えしている方なのだろうけれど、私と征士郎さんを見守る目は優しい。

すっかり手配を終えた征士郎さんが私を見て、嬉《うれ》しそうに笑った。

「木葉、これで準備が整った。来週はふたりきりで、おまえの好きなところを巡ろう」

純真無垢《むく》といえるほどの眩《まぶ》しい笑顔……。

私は顔面の光と圧に負け、憔悴しきった笑顔でこくりと頷いた。


翌週の日曜。私は覚悟を決めた。

こうなったら、本気で私のやりたいようにやる。好きに過ごす。それについてきてもらおう。

私の超庶民っぷりを見たら、征士郎さんも『やはり九頭竜家には相応しくない』と考え直してくれるかもしれない。少なくとも私はノンストレスに自由な休日を楽しめる。

「木葉」

征士郎さんとは、まるで大学生同士のように駅前で待ち合わせた。歩き回ると事前に言っておいたせいか、いつものダークスーツではなくすらりとしたスリムパンツにTシャツとジャケット姿だ。髪の毛も下ろしているので、年より少し幼く見える。

こんなラフな格好は初めてだけれど、どう見ても一般人には見えない。現に多くの人が彼を二度見三度見して通り過ぎていく。その気持ちがわかる。雑誌や広告で見た人じゃない？と思っても無理はない格好よさだ。

「征士郎さん、今日はパンの食べ歩きをします」

私は向かい合うなり、そう宣言した。征士郎さんが「パン？」と首をかしげている。

「パンです。ベーカリーを回って美味しいパンをたくさん買って、公園で食べます」

「なるほど、楽しそうなデートだ」

すぐに乗ってくれる。話せば話すほど、この人がアルファのエリートで、分家からしたら雲の上の人であるイメージが壊れていく。

もっと怖い人だと思っていたし、夫婦関係になっても本家と分家の従属関係的なものは残るように思っているんだけれど……。

青空の下、私たちは連れ立って街を歩き始めた。季節はすでに七月。午前中だがかなり気温が高い。

「ジャケット、脱いだほうがいいかもしれませんよ」

「そんなに歩くのか？」

「めぼしをつけておいたお店を四軒ほど。それから代々木《よよぎ》公園へ行きます。公園でワゴンのコーヒーを買う予定です」

ふと思い出して一応聞いてみる。

「あの、運転手さんと秘書さんにはお断りしてましたけど、ボディガードのおふたりはいいんですか？」

「ああ、あれは形式上つけているだけだ。一族の者がうるさいからな。俺も柔道と剣道はひと通り身につけているし、九頭竜家に伝わる護身術であれば免許皆伝だ。安心していい」

さらりと答える征士郎さん。そうか、優雅な身のこなしと思っていたのは武道家の隙のなさもあったのね。

「木葉こそ、体調は問題ないか？」

「あ、えーと、はい。抑制剤が効いているみたいで、あれから変調はないです」

それに征士郎さんと初めて会った直後の高熱がヒート発作の一種だったと仮定すれば、三ヶ月に一度程度のヒートまでまだ間があることになる。多くのオメガが周期的にヒートを起こし、平均で三ヶ月程度の間が空くものなのだ。

「オメガ性として安定していないときはヒートが周期的にこないこともある。それに、俺の近くにいればヒートは起きやすい」

そう言って、征士郎さんがするりと私の腰を抱いた。

びくんと身体が大きく跳ねてしまった。それは嫌なのではない。触れられたところから甘やかな刺激が全身を駆け巡ったのだ。私は真っ赤になり、慌てて彼の腕から逃れた。

「な、ちょっと……征士郎さん……」

こんなふうに触れられたのは、最初の食事のときに髪を撫でられた以来だ。狼狽する私に、征士郎さんは平然と言う。

「宗家のアルファは分家のオメガにヒートを促すことができる。……花嫁教育で教えられることだが、おまえが知らなくても無理はない」

今の刺激は意図的に彼が私を煽《あお》ったということなのだろうか。ものすごく驚いた。たったあれだけの接触で、身体に電気が奔《はし》ったようだった。

「俺が触れ、おまえが求めれば、俺たちはいつでもそういった関係になれるということだ」

それは通常の恋愛以上の関係。アルファとオメガの繋がりという意味だ。

「おまえが俺を受け入れるまで、強制的にヒートを起こさせたりしないから安心しろ」

「はい。……あの、もっと勉強します」

私は真っ赤な顔のまま何度も頷いた。

恐ろしいことだけれど、私は今、確かに征士郎さんに触れられて反応してしまったし、もっと触れ合ってもいいと一瞬思ってしまった。腰から全身に駆け巡った刺激は、本当に魅惑的だったから。これがオメガの本能だとしたら、なんだかものすごく嫌だ。心を身体が上書きしてしまいそうで。


妙なドキドキはしまい込み、私と征士郎さんは予定通りベーカリー巡りに出かけた。

ふたりでパンを選び、美味しそうなものを片っ端から買う。そんなに食べきれるのかという量だけど、余ったら家に持ち帰り両親と食べるからいいのだ。

むしろいつもはひとりでするベーカリー巡りも、今日は征士郎さんと一緒なので買うパンの幅が広がって楽しい。征士郎さんはこういったところでパンを買う習慣がないようで、興味深そうに「これは甘いのか」とか「見たことがない」などとパンを選んでいる。

四軒回って、公園に到着する頃には、私も征士郎さんも汗びっしょりだった。予定通りアイスコーヒーを買い、木陰のベンチを探して座った。

「うまい」

「美味し〜」

ふたりでパンを頬張って同時に声をあげた。アイスコーヒーも冷たくて最高。どんどん食べて、美味しいパンは半分にして味わって、アイスコーヒーはお代わりを買いに行った。

「驚いた。中身にきんぴらごぼうが入っているぞ」

「そう書いてあったじゃないですか」

「それはこっちの紙袋だと思っていた。いや、うまいが驚いた」

無邪気にパンのフィリングにも笑顔を見せる征士郎さん。こうしていると本当にすごい人であることを忘れてしまいそう。

なんだろう。この人といるといろんな気持ちになる。何度か感じた性欲に直結しそうな身体の疼きに恐怖を覚えながらも、今この瞬間並んでパンを食べていることにそわそわするような嬉しさを覚える。身体と心が忙しくて混乱する。

「はい、次はこっちのパンをどうぞ」

「中身はなんだ？」

「えーっと、九頭竜の方って未来視の能力があるとか。それでわかりませんか？」

軽い口調で言ってみた。言ってから、あまりに軽口が過ぎたかとびくびくしてしまったけれど、征士郎さんは意にも介さずいつも通りの口調で答える。

「未来視か。あれは、そんな超能力のような力じゃない。せいぜい人より勘に優れ、タイミングをつかむのがうまいという程度さ」

「あ、そういうものなんですか」

「ああ、九頭竜家がその直感力で成功しているから、一族の者は皆純血思想なんだ。九頭竜の血を絶やさないよう、分家のオメガから嫁を取り、確実にアルファの血と未来視を繋ぐことで一族が繁栄し続けると思っている」

その口調は一族の次代宗家としては、少し擦れた言い様に聞こえた。

「征士郎さんは……」

九頭竜家をどう思っているのだろう。そう聞こうとしてやめた。あまりにもぶしつけだと思ったからだ。お家事情に絡んで月日が経っていない私が軽々しく言っていいことじゃない。

征士郎さんがこちらを見た。

「俺は宗家となれることを誇りに思っている。九頭竜の血を守るために、木葉には多くの子を産んでほしいという気持ちも変わっていない。だが」

言葉を切って、私からパンを受け取る。ぱくぱくと大きな口で頬張った。男らしい食欲に目を瞠《みは》ってしまう。

「九頭竜の一族至上主義は改めていくべきだと思っている。まずは分家との従属関係。そしてナイングループにしても、一族以外の能力のある人間を重用していかないと、すべてが衰退していくだろう」

目を伏せ、語る彼の姿は、ひとりの未来を見据える男性だった。

とくんと胸が高鳴った。征士郎さんのことを格好いいと思った瞬間、触れられていないのに、身体が反応してしまった。

すると、征士郎さんが顔を上げ、私を見つめた。優しく微笑んでいる。木陰にそよぐ風が彼の黒髪をなぶる。レースのような葉陰が私たちの顔にも手にも陰影をつけていた。

ああ、綺麗な人だな。そう実感し、私は目がそらせない。

「この後はどうする?」

「えーっと、移動しまして動物園か水族館に行きたいなあなんて思っています」

「ぜひ行きたいな。子どもの頃に弟と行った以来だ」

凛々《りり》しい男性から無邪気な少年の瞳のギャップに、私の心はずっとドキドキしっぱなしだ。

「木葉、今日はすごく楽しい。自分のためだけの休日という感じがする。木葉が教えてくれたおかげだ」

「そんな、私はいつも通りに過ごしているだけですよ」

「来週末もこうしてふたりで気ままに過ごしたい。駄目か？」

私が楽しいと感じる時間を彼もまた楽しんでくれている。それはすごく嬉しい。そして征士郎さんのまっすぐな視線に動悸《どうき》がさらに激しくなる。

「はい、そうしましょう。あ、ちょっと郊外に出かけましょうか。電車に乗って。私、お弁当を作っていきます」

「弁当……」

征士郎さんの表情がわずかに変わった。驚いたように目を見開いている。

「手料理ということか？」

「はい。そんなに上手じゃないですけど、仕事のときはいつも自分でお弁当を作りますし、一応食べられるものはできると思いますよ」

本当に言葉の通り料理自慢というわけじゃない。だけど、一週間あればメニューも決まるし練習もできる。未来の妻として料理の技術を見せておくのはとっても大事なことではなかろうか。

……なんだか私、ほだされてしまっていない？　未来の妻だなんて、自分で考えておいて恥ずかしい。

ほんの少し前まで花嫁の座を他の人に譲れるものならそうしたいと思っていた。それなのに、今は征士郎さんと楽しい休日を過ごしていることを喜んでいる。彼の隣はドキドキするけれど、どこか安心する匂いがする。

「そうか。今から待ち遠しいな」

「ふふ、その前に水族館ですよ」

私たちはお腹いっぱいパンを食べ、涼しい水族館で夕方までデートを楽しんだ。


一週間後、約束の日曜である。なぜか早朝の我が家に幸がいた。

「おはよう。どうしたの？」

お弁当を作ろうと一階に下りてきた私は、我が家のごとくダイニングの椅子に腰かけた幸に驚いた。

「おばさんに頼まれてこれを持ってきたの」

幸が差し出したのは九頭竜家の家紋入りの重箱だ。

「あらー、わざわざありがとねー」

「花嫁候補の家にはあるんだけど、木葉は持っていないかと思って」

そういう幸はどこか複雑な顔をしている。お腹でも痛いの?と聞きたくなってしまう様子だ。

「私が幸ちゃんに頼んだのよ。征士郎様にお弁当を作っていくんでしょう。それなら、九頭竜家の正式なやり方で用意しないと」

キッチンに顔を出してそう言うのは母だ。

征士郎さんとお弁当を持って郊外にピクニックという話は両親にも幸にもしていたけれど、お弁当ひとつにも作法があるとは知らなかった。もっと勉強しなければならない。

「……ねえ、木葉、征士郎様とはうまくいってるの?」

調理の準備を始める私に幸が尋ねてきた。やはり難しい顔をしている。

「改めて聞かれると恥ずかしいなあ」

「ってことはいい感じなのね」

なんだか真剣に聞いてくる幸。本当にどうしたんだろう。いつものんびりな幸の様子が変だ。

「えっと、前回のデートとか、すごく楽しかったよ。征士郎さんって優しいし、ちょこちょこ天然なところもあるし。あとなんていうかたまに可愛いっていうか」

「次代宗家を可愛いって言えるオメガ、あんただけだわ、木葉」

そう言って嘆息すると、幸は考えるように首を傾け、それから頷いた。

「わかった。今日のデート、頑張ってね」

「うん、頑張る……。まずはお弁当作りを頑張るよ。幸、ありがとうね」

幸は武運を祈ると言わんばかりに勇ましい表情で手を振り、早朝の我が家を後にした。なんだったんだろう。


やがて、出来上がったメニューをお重に詰める段になると、母が九頭竜家の作法を学んできたと色々指示し始めた。桃の葉を敷き、タケノコの皮でお重を包み、竜胆《りんどう》の花を添える。季節に合わないものも、母がすべて調達してくれた。

母からしたら娘に恥をかかせたくないのだろう。教育もされていないのに選ばれたオメガの花嫁。当然知っているはずの九頭竜の作法も知らなくては、お嫁入りの後も苦労すると気遣ってくれているに違いない。

私は出来上がったお弁当を手に意気揚々と家を出た。全部味見はしたし、保冷剤もたっぷり入れた。作法通りにもできているはず。


「征士郎さーん」

待ち合わせの新宿《しんじゅく》駅に向かうと征士郎さんはすでに到着していた。

「木葉、会いたかった」

会うなり征士郎さんは私の腕に触れた。びりんとするあの刺激。驚く私に、慌ててその手を引っ込める。

「すまない。おまえに会いたくて、一週間が待ち遠しかった」

そう言われると私もドキドキが止まらない。なんだろう。今日は征士郎さんかららいっそう目が離せない。

予定通り温泉地へ向かう特急に乗った。途中、散策にちょうどいい丘陵地帯があり、今日の目的地はそこである。

並んで座席につくと、なんとなく彼のほうからいい香りがするように感じられる。くんくんと鼻を動かしてみれば、何も香らないというのに、私はどうしてしまったのだろう。

征士郎さんは征士郎さんで、どこか落ち着かない様子でいる。

幸もそうだったけれど、今日は皆おかしい。

しかし、電車が出発すると征士郎さんはいつも通り落ち着いた様子になった。ただ、私の手をぎゅっと握っているので、私は手に汗をかいていないかひやひやしていた。

目的地は湖の周辺に遊歩道が整備されたレジャースポット。家族連れやカップルの姿も多い。

「征士郎さん、行きましょう」

手を繋がれっぱなしなので、私の心臓はずっとうるさいままだ。でも、考えてみたらあの腰砕けになるような感覚は起こっていない。身体自体はアルファの存在に慣れてきたのかもしれない。それとも私のオメガが安定してきているのかな。

「木葉、はしゃいでいて可愛いな。子犬みたいだ」

それはあなたもなんですが、とは言えないので私はにこにこ笑っておく。胸が躍るこの感覚はなんだろう。私、征士郎さんといる時間をものすごく楽しんでいる。

遊歩道を歩き、途中芝生の広場で昼食にした。日陰を選んで、そこかしこで家族連れがお弁当を広げている。傷まないように、気持ち早めにお昼ごはんにしたけれど、お腹は減っているだろうか。

「お弁当、口に合えばいいんですけど」

そう言ってさりげなく作法通りのお弁当を広げる。

征士郎さんが目を瞠り、私は内心ガッツポーズをした。この様子なら大正解だ。幸と母に感謝しなくちゃ。

「いただきます」

征士郎さんの声がなぜか固く聞こえたけれど、私は深く考えなかった。不勉強だった花嫁が家のしきたりを勉強してきたのだから、少しは見直してもらえたはず。きっと、征士郎さんは感動してくれているのだ。

征士郎さんが喜んでくれると嬉しい。

花嫁として認められたら嬉しい。

……あれ、やっぱり私、だいぶほだされているのでは？　これはオメガの本能なのだろうか。それとも……。

「すべてうまかった」

ひと通りの品を口に運び、征士郎さんが改まった様子で言った。

「よかったです。あ、まだあるんでたくさん食べてくださいね」

「いや、それは後ですべていただく」

征士郎さんがカバンから小さな包みを取り出した。懐紙に包まれたそれは砂糖菓子のように見える。長い綺麗な指が薄桃色の菓子をつまみ上げ、私に差し出してくる。

「食べてくれるか？」

真剣な瞳の征士郎さん。唇の前に差し出された菓子に、私は一瞬たじろいだ。

これはあーんと口を開けたらいいのだろうか。ちょっと照れくさいけれど、もしかするとこれも九頭竜の作法のひとつかもしれない。それなら従わなければ。

私は薄く唇を開け、それを受け入れた。征士郎さんの指先が唇に触れ、ドキドキも極限だったけれど、静かにそれを口内で溶かす。やはり砂糖菓子だ。甘くて美味しい。

お弁当と交換で砂糖菓子を食べるなんて可愛いお作法だなあ。

「木葉、ありがとう」

征士郎さんがささやくように礼を言う。その言葉と同時に空気が歪《ゆが》んだような感覚があった。

最初、熱中症でも起こしてしまったかと思った。世界がぐるんと回り、心臓の鼓動がどくんどくんと次第に大きくなっていく。耳の中いっぱいに鼓動が響いている。

「え、あ……れ…………？」

身体がおかしい。燃えるように熱くて息が苦しくて、心臓が身体から飛び出しそう。座った姿勢が保てなくて、手をレジャーシートにつくと傾いた身体を征士郎さんが支えた。その瞬間全身からぶわっと汗が噴き出した。そして汗だけではなく、何かとてつもないエネルギーが身の内から湧き出《い》でる感覚がする。

「これ……」

「ヒートだ」

そう私の耳元でささやいた征士郎さんの声も熱っぽい。彼は私を寄りかからせながら手早くその場を片付ける。荷物をすべて持つと、荒い息で足腰が立たない私を横向きに抱き上げた。

「せい、しろう、さん……」

声が震える。明らかに身体がおかしい。

ヒートと言った？　それなら、万が一のための緊急抑制剤がある。それを飲まないと私はフェロモン垂れ流しの状態になってしまう。危険だ。

ほら、通り過ぎる人たちが私を見ている。アルファでもベータでも無差別に誘惑してしまうのだ。これではいけない。

「落ち着け。おまえの覚悟は受け取った」

何を言っているのだろう。征士郎さんはどこかに連絡をしていた。迎えの車はいつもの桜井さんではなかったようだが、近隣に九頭竜家の車を待機させておいたのかもしれない。

「待って、待って、せいしろうさん」

どうにもならない身体で熱に浮かされたように言うと、私を抱き上げたまま後部座席についた征士郎さんが深く口づけてきた。

初めてキスをした。

深く組み合わさった唇と唇の間から舌が差し入れられ、口内を犯していく。甘い。キスってこんなに甘いの？　そして脳に直接刺激がいくほど気持ちがいい。

「運転手はベータだが、おまえのフェロモンはきつい。少しキスに集中しろ。俺にだけそのフェロモンを向けていろ」

わけがわからないまま私はキスを受ける。突然の身体の異変にも初めてのキスにも驚いて戸惑っているのに、身体はむしろ喜びに打ち震えている。自分でも信じられないけれど、これは喜びだ。

征士郎さんの熱が欲しい。ものすごく欲しい。

運び込まれたのがホテルの一室なのはわかった。大きなベッドに寝かされる。

すぐに覆いかぶさるように征士郎さんがキスをしてきた。

「や、征士郎さ、なんで」

「ヒートだ。抗うな」

「うそ、やだ、あ、なんで、なんでぇ」

目尻から涙があふれたのは混乱だけではなかった。全身がびりびりするほど、私の身体は火照り疼いていた。

汗ばみ潤み、目の前のアルファを欲するこの欲は……性欲だ。

はっきりわかる。私は今、征士郎さんが、アルファが欲しくて欲しくてたまらない。

「甘く濃い匂い。オメガの匂いだ。俺を誘うおまえの匂い」

耳朶《みみたぶ》に甘く口づけられ、思わず声が漏れた。自分の声とも思えない明らかな嬌声に羞恥よりも興奮が増してくる。

「いや、やあ」

「すぐによくしてやるから」

自分がこんなふうになるなんて信じられない。

これがオメガ。誘う性、産む性。私は自らこの人を誘惑しているのだ。

宗家は分家のオメガにヒートを起こさせることができるという征士郎さんの言葉が、

今更思い浮かぶ。

「征士郎さ……、あなた……が……」

半年かけて私に恋をさせると言ったあなたが、私にヒートを起こさせたの？　自分から誘うように仕向けたの？

言葉にならない。

すると、征士郎さんが間近く私を見下ろして尋ねた。

「嫌か？　木葉」

彼とてアルファの本能で止まれない状態だろう。その極限状態で必死にとどまり、私を見つめている。

その目は、ひたむきな恋する瞳。

限界だと思った。

「や、じゃない」

私は自らねだるように彼の首に腕を回した。

「して、ください」

キスの雨が降ってくる。そこから私はもうわからなくなってしまった。

三　恋と勘違い

全身を包む心地いい羽毛布団。朝だ。ああ、もう少し眠っていたい。だって身体がなんだかすごく疲れているのだもの。

布団を抱きまくらのように抱えて、私はハッと目を開けた。

シーツの感触が、掛け布団の柔らかさが違う。視界に移る部屋の壁も知らない。ベッドのスプリングの具合だって。

そして、疲労感と脚の間に何か挟まったような違和感……。

がばりと勢いよく身体を起こした。

「起きたか、木葉」

私は裸で、隣で肘をついて横になっているのは征士郎さんだった。彼は腰のあたりにタオルケットをかけているだけで、それ以外の部分は彫刻のように美しい裸身。

これは……。

私はすぐさま布団で身体を隠し、頭によぎる先刻の記憶に真っ青になった。記憶がないなんて言えない。しっかりと覚えている。現に疲労感は強いものの、あの身体の熱さや息苦しさは消えている。

「私……征士郎さんと……」

征士郎さんが照れたように微笑んだ。

「痛くはなかったか？　おまえが求めてくれるから、調子に乗りすぎたかもしれない」

「も、求めっ……！」

求めてなんかいない、と言おうとしたが、記憶の中の私は甘ったるい声で彼にねだっていた。私が誘った。そして私は征士郎さんに抱かれたのだ。

羞恥とショックで全身が震えた。なんてことをしてしまったのだろう。

「好きな女を抱いたのは初めてだ。こんなに幸福な気持ちになるのだな」

私の狼狽とは真逆で、征士郎さんは感動した様子だ。幸せを噛みしめているといった表情をしている。

「木葉が俺を受け入れてくれて嬉しかった。あんなふうに古式ゆかしい誘いをくれるとは」

「さ、誘ってなんかいません！　私はこんなことをするつもりは……！」

私の必死の訴えに、征士郎さんが「え」と短く呟き、首をかしげる。

ふたりの間にしばしの無言。

「木葉、今日の弁当はおまえからの誘いだったが」

「なんのことでしょう⁉」

「作法に則った手料理を振る舞う。これは、九頭竜家における女性側からのOKサインだ。本来は結納の後か、同居後に準備する。俺が差し出した菓子を食べることで、九頭竜家の人間になる誓いなのだが……」

言いながら征士郎さんの声が小さくなり、やがて彼は黙った。彼も合点がいったようだ。

「知らなかったのか、木葉」

「母の言う通りにお弁当を作っただけです！」

おそらく花嫁教育を受ければ知っていたことなのだろう。そして、私はもっと勉強すると前回のデートで言ったのだ。さらにこちらから手料理を準備すると提案した。

そういえば、お弁当と口にしたとき、彼は驚いたような緊張したような顔をしていた。

そして、朝から征士郎さんが変だったのも、彼が期待していたせいなのだ。そこに私がまさにしきたり通りの〝お誘い〟を準備していったとしたら……。

「俺はてっきり、木葉が覚悟を決めてくれたものだと思った」

「違います！　私はまだ、全然。ううう……」

ショックはショックなのだけれど、一番大きな感情は、自分の不勉強と気づかなかった情けなさだ。涙が出てきた。こんな形で征士郎さんと結ばれてしまうなんて思わなかった。

「そうか。それはすまないことをした。しかし、もう抱いてしまった」

征士郎さんは私の涙に困ったように眉を寄せる。それから、よしよしと私の頭を撫で、顔を覗き込んでくる。その目は飼い主を心配している大型犬みたいだ。

「気持ちよくはなかったか？　痛いばかりだったか？」

「それは気持ちよかったですけど！」

怒鳴るように言って、自分が相当恥ずかしいことを言っていると涙と赤面が止まらない。セックスは初めての経験とは思えないほど、気持ちよかった。彼を受け入れるために身体が勝手に準備をして、全霊で誘っていた。自分でよくわかる。私の気持ちなんか置いてきぼりに、オメガの身体はアルファを受け入れたがるのだ。

そして、熱心に名前を呼んで抱きしめてくる征士郎さんのことをすごく愛おしく思った。繋がったときは、こうなるべきだったのだと心から満たされた。

……だけど、こんな気持ちもきっとオメガの本能のせい。

そこまで考えて、ハッと自身の首筋を触った。手のひらを押しつけて確認するけれど、首に傷はないようだ。

「安心しろ。初めての行為で、いきなり番の契りは結ばない」

行為中に首を噛むと正式に番の契約を結んだことになる。オメガにとって生涯ただひとりのアルファの決定だ。

それは結婚より重い契りとなる。何しろ、オメガは一生パートナーを代えることができない。別の人間とは身体が拒否してしまい性行為ができなくなるのである。アルファは番を解消できるし、その後、別のオメガと番うことができるというのに。

「しかし、おまえの気持ちが完全でないのだったら、なおさら番わなくてよかった。正式な番の契りは木葉の心が整ってからにしよう」

そんな優しいことを言って、征士郎さんが親指で私の涙をぬぐう。この手と間近にある唇が、何度も私に触れたことを思い出し、身体がじわっと熱くなった。

しかし、この人は勘違いとはいえ、強制的に私をヒート状態にして抱いたのだ。流されてはいけない。必死に自分に言い聞かせて、私は征士郎さんの腕から逃れるように身を引いた。

「は、離れてください」

「俺は木葉に触れられて幸せだった」

一方で征士郎さんはいっそう優しく私にささやく。身を引いた私にぐっと顔を近づけ、労るように私の額に口づけてきた。

「これほど愛しいおまえとひとつに繋がれた。幸せだ」

「その気持ちだって……！　勘違いかもしれませんよ！」

私は抗うように首を振った。はっきりさせておいたほうがいい。この人はアルファだからオメガに反応したのだ。

「征士郎さんはアルファの本能でオメガが欲しかっただけ。それがたまたま私だっただけです！　恋と本能をはき違えてるとは思いませんか？」

次代宗家に対し、分家のオメガがなんて偉そうなことを言うのか。一族の人間に知られたら、私はどんな目に遭うのかもわからない。

だけど、この人には伝えておかなければならない。私たちは恋で抱き合ったのではない。アルファとオメガの本能に逆らえなくてセックスをしてしまったのだ。

「なるほど……」

征士郎さんの口調は落ち着いていて、怒っているようには聞こえない。彼は身体を起こし、ベッドに座り直すと腕を組んだ。

「確かに俺はおまえと会うより前に、こういった執着めいた感情を他者に抱いたことはない。おまえと会った瞬間に身体も脳も反応し、これが恋だと確信したが、恋の経験がない男がアルファの本能を恋と勘違いしたというのはなかなか的を射た指摘だな」

思いのほか理解が早い……。というか、自分のことなのに冷静な分析だ。

征士郎さんは長いまつ毛を伏せ、考えるようにふうと息をつく。

「木葉の顔が見たくて、話がしたくて、毎週末を楽しみにしていた。この感情も本能由来かもしれないのか」

「そ、そうです。征士郎さんほど素敵な男性が、私に惹かれる理由がありません。私のオメガに惑わされてるんです」

「そうか……。それなら」

征士郎さんが、はしっと私の二の腕をつかんだ。そのまま身体を引かれ、シーツに押し倒される。

「せ、征士郎さん！」

呼ぶ声はキスでかき消された。重なる唇に、記憶がまざまざとよみがえった。私は今日この人に抱かれたのだ。たっぷりと愛されてしまったのだ。

「木葉、俺に教えてくれ。恋と本能の違いを」

唇をわずかに離し、征士郎さんが甘くささやいた。

「違い……」

「そうだ。俺のこの気持ちは勘違いなのだろう？　本能なのだろう？　だけど、俺は木葉と夫婦になるし、恋愛をしたい気持ちは変わっていない。身体を先に繋いでしまったが、心はこれから育てる。俺に恋を教えてくれ、木葉」

何度も何度も雨のようにキスが降り注ぐ。彼の身体がまた熱を持ち始めているのがわかるし、私も勝手に身体が疼き、彼を欲しがってしまう。そんな情欲を必死に抑え込み、私は怒鳴った。

「今日はもうしません！」

「駄目か」

「駄目です！」

言い切ってから、じいっとさみしげに見つめてくる征士郎さんに私は呟いた。

「恋は……私も初心者なので……」

私の答えは控えめだったけれど、彼を受け入れる言葉だ。征士郎さんは満足したようにキスをして、私の上からどいてくれた。

アルファの強烈なフェロモンに抗えたのだから、私ってたいしたオメガじゃないかしら。

その後、運転手の桜井さんが送ってくれ、私は自宅に帰ることができた。

帰宅した我が家のダイニングテーブルにお赤飯とケーキが用意されていて、私は怒りと憤慨と、ともかくもう誰とも喋りたくない気持ちで部屋に引きこもったのだった。

私と征士郎さんが正式に結ばれたという事実は、瞬く間に一族と分家筋を駆け巡った。

一般的な考えならプライバシーの侵害すぎて憤懣《ふんまん》やる方ない気持ちになるけれど、この一族にとって次代宗家の婚姻は一大事。妻となるオメガと無事に情を交わせたというのはビッグニュースのようだ。

八街家には翌日からお祝いの花や贈り物が続々と届けられ、母は八街の親戚や他分家からのお祝いの電話に嬉しそうに応対していた。

なお、母に今回の件ははっきりと文句を言った。娘を差し出すような真似をしたのはひどいと。しかし母は『結婚は決まっているのだし、お弁当を作ると言い出したのは木葉でしょう』と悪びれもしない。『奥手なあなたにはちょうどいいきっかけだったわね』とまで言うのだ。娘の貞操をどう思っているのよ！と怒鳴るのは恥ずかしかったのでやめた。

そして、不勉強だった私の落ち度もある。

その日は木曜日、私の勤務先に幸がやってきた。約束はしていないので、大学の帰りに寄ってくれたのだろう。

「お仕事終わるの何時？」

「今日はあと三十分かな」

「じゃあ、待ってていい？」

あの日の夜に幸は連絡をくれ、花嫁の作法について黙っていたことを詫《わ》びた。私としては、幸を責める気もない。だって、母の勧めをおかしいと気づいて幸に聞けばよかったんだもの。

業務を終え、残った社員に引き継ぎをしてタイムカードを切った。エプロンを外し、従業員裏口から外に出る。幸が待っていた。

「木葉の家、お祭り騒ぎでしょう」

職場の書店は新宿駅から徒歩数分。いつも賑《にぎ》わっている街を駅に向かって歩きながら、幸が苦笑いで言った。

「うん。プライバシーなんてないのね。この一族には」

私はため息交じりに答える。お相手が征士郎さんじゃなければ、私だって初体験を暴露されるという辱めを受けずに済んだのだろう。こういうときに、宗家の花嫁という立場を思い出させられる。

「今回、征士郎様と木葉の関係進展が早々に公にされたのは、色々理由があるんだと思うよぉ」

駅前の交差点、信号で立ち止まった。幸の言葉に私は片方の眉をひそめた。ただのプライバシー侵害じゃないというのだろうか。

「分家筋から、今回の誓約に異議が出てるらしいの。ここだけの話ね」

幸は誰が聞いているわけでもないけれど、声をひそめて内緒話の体《てい》で言う。

「要は、いきなり追加で現れたオメガが花嫁に選ばれたのはおかしい、作為的だっていう意見が出てるの。まあ、九頭竜本家は絶対だし、あくまで噂《うわさ》でささやかれている程度だけど、宗家の耳にも入ってるんでしょうね。木葉と征士郎様が名実ともに結ばれたっていう報告は、そういった声を抑え込むためだと思う～」

なるほど。確かにどの分家だって、手塩にかけた自慢のオメガを次代宗家に嫁がせるべく虎視眈々《こしたんたん》と狙っていた。そこになんの教養もないぽっと出のオメガが分家末席から現れて、花嫁の座をかすめ取ってしまった。いかに儀式の結果とはいえ、面白くないのは当然かもしれない。

「つまりは、私と征士郎さんが番の契約を交わしたり、私が妊娠したら、もっともっと九頭竜的には嬉しいってことよね」

「そうなるねぇ」

それはますます責任重大だ。征士郎さんは私がその気になるまで待つと言っていたけれど、周囲からせかされることもあるのではなかろうか。

私自身の気持ちがまだ全然混乱しているのに、周りはどんどん外堀を埋めてくる。ため息が出てしまう。

「体調平気？　ヒート、起こしたんでしょう？」

幸が私を気遣って尋ねてくる。

「あれ以降、調子がいいくらい」

「ハジメテの後はパートナーのフェロモンの影響で、オメガのフェロモンが抑えられるから安心だよ。番わなくても、アルファと定期的に身体の関係を持つことでフェロモンを安定させてるオメガもいるから」

「幸はそんなことしてないでしょ」

「一応、九頭竜分家のオメガだからねえ。下手なことはできないわ。私も大学卒業までには婚約者が決まっちゃうんじゃないかなあ」

セレブ婚確定などと言っていたけれど、いざそのときが近づけば幸も幸なりに不安なのかもしれない。幼馴染の私の大きな変化を横で見ていたら、自分も実感があるのだろうか。

「征士郎様とはその後どうなの？」

「連絡来てない。元からあんまりメッセージくれる人でもないし」

そのことにもやもやしているのは事実だ。抱いてみたものの、後々『やっぱりいしたことなかった』とか『期待外れだった』とか思われている可能性もある。

そうだとしたら、すごく嫌だ。

最初はそうして征士郎さんから花嫁失格と言われるのを願っていたのに。今の私は、そんなふうに放り出されたら悲しいとすら思っている。

この気持ちも、オメガだからだろうか。

「なんだか、一連のことで自分がオメガだって実感した。抗えないパワーみたいなものが私にも征士郎さんにもあって、恋愛感情抜きにそういう関係になってしまった。

それなのに今はフェロモンも安定して、絶好調だなんて。自分が嫌だし、戸惑ってるよ」

「そっかあ、周りが大騒ぎしたらきついね。九頭竜と分家の世界に足を踏み入れたばかりなんだよねえ、木葉は」

「うじうじしてないで、覚悟を決めなきゃいけないのはわかってるんだけどさ」

オメガであることは覆らない。花嫁に選ばれたことも覆らない。

そして、私は征士郎さんに抱かれたのだ。合意というより勘違いだったし、ヒートを誘発されていたから拒否もできなかった。だけど、この事実は動かない。

私は次代宗家の妻になる覚悟を決めなければならないのだ。


電車に乗り、幸と一緒に帰宅した。今日はうちで一緒にごはんを食べようと誘った。親戚同然の幸なら急に連れ帰っても両親はなんとも思わない。

家の前に黒塗りの車が二台、駐車されているのを見て、私と幸は顔を見合わせた。玄関に革靴が二足。聞いていないけれど……間違いないだろう。

「ただいま帰りました」

そろりとリビングに顔を出すと、そこには征士郎さんと秘書の菱岡さんがいた。両親が向かい合う格好で座っている。

「木葉、おかえり」

征士郎さんはまるで我が家のように当たり前に言う。それから幸を見た。

「五香家の幸。そうか、木葉とは幼馴染だったな」

「征士郎様、こんばんは」

幸は慣れたもので、年上の従兄ににっこり愛想のいい笑顔を見せた。

「征士郎さん……」

会うのは先日の初体験の日以来だ。勝手に頬が熱くなり、心臓の鼓動が速くなっていく。これはオメガの反応というより純粋に恥ずかしくて照れくさいからだろう。あんなことをしたばっかりで、顔を突き合わせるのはものすごく恥ずかしい。たぶん、普通の女子なら皆こうなると思う。

両親が手招きする。

「木葉、こっちへ。幸ちゃんもどうぞ」

「あ、私は帰ります。また今度お邪魔しますね。征士郎様、ごきげんよう」

幸は両親と征士郎さんにお辞儀をして、さっさと帰ってしまった。私は渋々、ソファの隅に座った。

「今、木葉と征士郎様のこの先の予定について話していたんだ」

父が言い、菱岡さんが頷いた。

「木葉さんと征士郎様のご同居を早める予定で進めております」

「は？」

思わぬ言葉に私は頓狂な声をあげた。予定だと婚約期間は半年、私たちの同居は結納の後の十一月からだ。同居を早めるっていうのはどういうこと？

「秋から年末にかけては、俺が忙しいんだ」

征士郎さんが口を挟む。すかさず菱岡さんが説明を付け加えた。

「総理の外遊予定地であるアジア某国のインフラ整備をナイングループが請け負っております。政府専用機が降りられるエアポートや、総理が宿泊できるセキュリティのホテルの整備です。九頭竜一族は古くからその発展途上国の支援を行っておりますので、外務省づてに依頼が来ました。ああ、ご内密に願いますね」

総理……外遊……発展途上国支援……。そういった事業を秘密裏に依頼されるとは。わかってはいたけれど、九頭竜一族とナイングループの巨大さを痛感する。

「征士郎様は、現地の言語も非常に堪能ですので、直接交渉されるために日本と現地を行ったり来たりになるでしょう。結納だけならまだしも、新生活を始めるなら落ち着いた時期がいいというご判断です」

「あ、あの、それなら同居は来年からとか」

私がぼそっと提案すると、さらりと返すのが征士郎さん。

「俺は早く木葉と一緒に暮らしたい。先代と宗家にも許可はもらった」

「……こうおっしゃっていますので」

菱岡さんの言葉に両親がほくほくとした笑顔を見せる。娘が思いのほか気に入られているのが嬉しいのだろう。私は好意丸出しの天然婚約者にうつむいてしまう。恥ずかしいったらない。

「新居は九頭竜本家敷地内に急ピッチで建設中です。八月の頭には入居可能の予定ですので、木葉さんもそのおつもりでお願いいたします」

ここまで言われて、私に拒否などできるわけもない。

話し合いというか、一方的な告知はこうして終わった。母がお茶を淹《い》れ直す横で、征士郎さんが私に話しかける。

「木葉」

「は、はい、なんでしょう」

声が裏返りそうになった。恥ずかしい気持ちと、次はこの人が皆の前で何を言い出すかというひやひやだ。少し天然なところのある征士郎さんは無邪気に妙なことを言い出す可能性もある。

「木葉の部屋に行ってみたいんだ。いいか？」

黒い美しい瞳で熱心におねだりをされると断れない。というより、胸がキュンとしてしまうのも事実だ。ああ、もう困った。こんなに振り回されてしまうものなのだろうか、オメガというのは。

「あら、いいじゃない。お茶は木葉の部屋で飲んだらいいわ」

母が先に答え、私は仕方なく征士郎さんを伴い、お茶の盆を持って二階の自室へ。格別汚いわけじゃないけれど、生活感がありすぎて見せるのが嫌なのだ。

「どうぞ」

テーブルにお茶を置き、征士郎さんを招く。室内に入るなり、征士郎さんが腕を伸ばしてきた。え、と思ったけれど、抗う間もなく抱き寄せられた。

「ちょ、ちょっと！　征士郎さん！」

「いい匂いだ。木葉の甘い匂いがする」

その甘い匂いはおそらくオメガのフェロモン。職場の人や、道行く人には気づかれないほど微量だけど、この人にはわかってしまう。

「ずっと、こうしたかった」

「駄目！　駄目です！　下に親も菱岡さんもいます！」

「わかってる。だから、もう少しだけこうさせてくれ」

言葉は真摯《しんし》で、強引さはない。私は拒否のために込めていた力を抜き、征士郎さんの胸に顔を預けた。

私の部屋が見たいだなんて、ハグがしたくてそんなことを言ったのね。征士郎さんの背に手を回し、よしよしと背を撫でる。少しだけ可愛いと思ってしまった。

しばし、征士郎さんは私を抱きしめていたけれど、やがて落ち着いたようで身体を離し、私の隣に座った。床に直接座らせてしまって申し訳ないけれど、この部屋には椅子がないのだ。

「すまなかったな。急に来て、さらに同居を早めるなどと言い出して」

「確かに驚きましたけど、お仕事の都合なら仕方ないです」

「海外と行ったり来たりになるのは事実だが、同居を急ぐのは俺の我儘《わがまま》によるところも大きい。おまえを抱いて以来、おまえのことしか考えられない」

征士郎さんが熱っぽい瞳で私を射貫く。

「毎日木葉を見ていたい」

目がそらせない。近づいてくる唇に抗えない。私は拒めないままキスを受ける。触れるだけで解放してもらえたとはいえ、そのキスには情熱があった。我慢してくれているけれど、この人は私を抱きたいと思っているのだ。

「木葉」

「征士郎さん、私、あなたと身体の関係を持つまで、どこか自分がオメガであることを他人事のように感じていました。実感もあまりなかったし」

私は征士郎さんの胸を両手で押し返し、顔を伏せた。

「私はやっぱりオメガです。あなたのフェロモンにあてられて、あなたに触れてほしいと思ってしまう。だけど……」

私は顔を上げ、改めて彼の瞳をまっすぐに見つめた。

「なしくずしにあなたのものになってしまうのは、本能に負けたようで嫌です。征士郎さんが言ってくれたように、私も本能じゃなくあなたを好きになりたい」

征士郎さんが目を見開く。黒い美しい瞳がきらきらと光っている。

「もしかして、これは愛の告白か？　期待してしまうぞ」

「まだです！　ちょっと気が早いです！　でも、征士郎さんをきちんと好きになりたいんです」

オメガだから九頭竜の嫁に選ばれた。子どもを生すことだけを期待されたオメガの花嫁。

だけど、私も征士郎さんも人間だ。彼も私もアルファとオメガの器というだけじゃなく、ひとりの人間として気持ちを繋げたい。

「本能じゃなく、あなたに恋をします。……そのときは私を番にしてくださいますか？」

「ああ、木葉。俺もおまえと恋を学びたい。この気持ちをおまえに認めてもらいたい」

私たちは見つめ合い、今度はどちらからともなくキスをした。

「ふつつかなオメガですが、よろしくお願いします！」

頭を下げた私を、征士郎さんが抱きしめた。彼はきっと床でもベッドでも私を押し倒したいのだろう。それが匂いでわかる。だけど、必死に耐えてくれているようだった。

私たちはここから始めるのだ。恋人として、夫婦として。

八月最初の週、私は九頭竜家に引っ越した。

朝、荷物運搬の車と、私自身の迎えがやってきた。

誓約の日以来の九頭竜家は、いっそう青々と茂った緑の森に包まれ、しんと静まり返っている。門を入ってすぐに征士郎さんが迎えに出てくれた。

「到着早々悪いが、先代と宗家に挨拶をしてもらう」

征士郎さんに伴われ、歩いて母屋へ向かった。

九頭竜家の敷地はかなり広い。前回は応接用の平屋と神殿にしか入っておらず、それらは敷地内のかなり手前にあったことがこうして歩いてみるとわかる。敷地内に森がある邸宅なんて、都内では数えるほどしかないだろう。

五分くらい歩いただろうか。母屋に到着した。

比較的新しい日本家屋は近年建て替えしたものと思われた。すべてのスケールが大きいので、この母屋もとても大きく見える。通された畳敷きの部屋に当代宗家である征士郎さんのお父さんと先代宗家であるおじいさんが待っていた。その後ろには年配の男性たちが五名。ひとりは祭司を務めた先代の弟、征士郎さんの大叔父だ。

「よく来たね。木葉さん」

宗家が笑顔を見せてくれた。誓約の日に挨拶をした以来だ。

「本日よりお世話になります」

私は三つ指をついて頭を下げる。

「儂《わし》らのいる母屋とおまえさんたちの新居は離れている。こっちに気遣うことなく、のびのび過ごしなさい」

先代も優しい笑顔だ。こうして見ると、威厳はあるけれど、ふたりとも親しみやすい雰囲気を持っている。征士郎さんと似ているからだろうか。それとも、ふたりが意識的にアルファの威圧感を抑えてくれているのだろうか。

「結納は予定通り十一月で結婚式は来年五月だけれど、番の契りと妊娠はそれより早くてもかまわないよ」

宗家の言葉に私は笑顔を固くしてしまった。やはり、望まれているのだ。番になることと、子作りを。

「九頭竜家の純血を継ぐ子は大事なんだよ。儂の妻も早くに逝ってしまって、子はこの征頼だけ」

先代が宗家を指して言う。宗家も頷いた。

「私の妻もふたりとも早逝だった。子どもは征士郎と恵太ふたり。木葉さんには九頭竜直系の遺伝子を多く次に繋げてほしい」

九頭竜一族という希少でハイスペックなアルファを産むために迎え入れられたオメ

ガ。立場はわかっている。しかしはっきりと示された責任に、私はなんと答えたものかと迷った。すると、征士郎さんが横で口を開いた。

「先代、宗家、どうかここは見守っていてください。木葉もまだバース性が不安定ですので、あまりプレッシャーをかけないでいただきたい」

「そうだったな。すまない。ついね」

「儂らも嬉しいんだよ、征士郎に可愛い嫁が来てくれて」

なごやかな宗家と先代の後ろで、男性たちはいかめしい顔のまま。

なんだか怖いけれど、征士郎さんにかばわれてばかりではいけない。私はぴしっと背筋を伸ばし宣言した。

「元気な赤ちゃんをたくさん産みたいと思います！」

ちょっと大きな声になってしまった。先代たちがいっそう顔をほころばせ、征士郎さんは少し驚いた顔をしていた。

征士郎さんに案内された私たちの新居は、敷地内を門の方向に逆戻りした木立の中にあった。うっそうと茂る木々の間に建てられたのは現代建築の洋風な家屋だ。和風の邸宅を想像していたので意外だった。

「木の香り」

一歩足を踏み入れると新築の匂いがする。一般的な都内の戸建て住宅より少々広いだろうか。

「掃除などは使用人が入るが、嫌ならやめるぞ」

征士郎さんが靴を脱いで先に入る。私の荷物はすでにリビングに届いていた。

「あ、あまり気にしないので、九頭竜家の都合のいいようにしてください。自分のことはやりますし、征士郎さんのお世話もしますので。食事なんかも、作れるときは作ります」

「俺としては木葉との時間を邪魔されたくない。夕食だけ、母屋と同じものを届けさせよう。朝食は木葉に頼む。あとは掃除にだけ入ってもらうか」

征士郎さんは算段をつけて、リビングにすでにある革張りのソファに腰かけた。

「この家、私と征士郎さんの新婚生活のために建てられたんですよね。すごい」

「若夫婦のために新居を建てるのは毎度のことだ。子が生まれ、ある程度大きくなるまではこの家だ。母屋には上の世代が住むからな。子どもがあまりうるさくすると嫌だろう」

私は自分の荷物をチェックしながら、征士郎さんを見やる。

「上の世代といえば、宗家と先代の後ろにいらっしゃった方々は」

「九頭竜直系の面々だ。一族では上位者で、宗家や先代に意見できるのも彼ら。今は祖父の兄弟や従兄たちが務めている」

なるほど、彼らは一族のご意見番なのだろう。儀式の仕切りなども行っていたし、彼らこそ九頭竜のため私が早く跡継ぎを産むことを願っているのかもしれない。

「さて、今日からふたり暮らしだな」

「はい。そうですね」

新居完成までの間も度々デートはしていたけれど、こうして同居となると感慨深いものがある。このひと月近く身体を繋ぐようなことはなかった。でも今夜からはわからない。周囲も期待しているし、きっと征士郎さんだって……。

「木葉は仕事を続けるし、俺もしばらくは不在がちだ。お互いのために時間を作る努力をしたいと思っている」

「はい！」

少々鼻息の荒い返事になってしまい、言い終えてからきゅっと唇をすぼめた。やる気満々すぎたかしらと思うと、恥ずかしい。

「困ったことは遠慮せずに言うように。よし、それでは俺は仕事に戻る」

征士郎さんが立ち上がった。あれ、これで終わり？

忙しい中、来てくれたのは嬉しいけれど思ったよりもあっさりしている。

どうも私は知らないうちに、彼の熱烈な愛情表現に慣れていたらしい。彼が私に未練も見せずに去っていこうとしていることに、拍子抜けしているなんて。

玄関まで送りながら、自分の傲慢な精神が少し嫌になった。

「木葉」

呼びかけられて顔を上げると、征士郎さんの大きな手が私の頭を撫でていた。

「せ、いしろうさん」

「今はこれで我慢する。帰ったら、キスだけはしてもいいか？」

ちょっとさみしそうな、さらに照れたような質問に私は胸を押さえてうずくまりそうになった。的確に私のハートを狙ってくるのだから困る。

「もちろんです」

私は力強く請け負った。

征士郎さんも私との約束を考えてくれているのだ。

恋をしよう、そうして夫婦になろうという約束を。

四　オメガという性

征士郎さんとのふたり暮らしは暑い夏の最中に始まった。征士郎さんは仕事が忙しく、私も書店員を継続しているのでふたりでゆっくりする時間はあまりない。

寝室は一緒で、十二畳の和室に布団を敷いて眠っている。夜遅く帰ってきた征士郎さんと並んだ布団で休み、翌朝はあわただしく朝食をとってお互いに出勤。

お盆、征士郎さんは例の海外の仕事でアジアに出かけていた。私も夏休みというわけではないので引っ越しから二週間ほどはすれ違いの生活だった。

こうして同居してみてわかったのは、やはり征士郎さんは私との週一回のデートのためにありとあらゆる仕事を調整してくれていたのだということ。その負担がなくなっただけ、同居してよかったと思う。

二週間が経つ金曜日の夜、その日征士郎さんは珍しく二十一時頃に帰宅した。

私は早番だったので、母屋から届けられる夕食を終え、シャワーも浴びたところだった。

「征士郎さん、おかえりなさい」

「木葉、少しいいか」

征士郎さんが改まった調子で言う。

「ここ数日、気になっていた。対処すべき事案がある」

「なんでしょう」

「木葉のフェロモンが強くなっているように感じる」

どきりとした。自覚はあまりなかったけれど、征士郎さんが感じるならそうなのだろう。ファーストヒートから三ヶ月。周期的には次のヒートがくるはずである。しかし、先月の征士郎さんとの初体験のときに、私は強制的にヒート状態になっている。そうすると……自分自身のヒート周期がすっかりわからなくなっている。

「このままだと周囲に影響が出かねない」

「抑制剤は飲んでいるんですが」

「抑制剤の種類は一度医師に相談したほうがいいな。あとは、やはり不安定なのだろう」

大人になって発現したオメガのバース性。私だけの問題ではなく、周囲にまで迷惑がかかるのは非常に困る。また、私自身がその変化にいまだ気づけていないのも問題だ。

「木葉、提案だ。性行為をしよう」

大真面目に誘われてしまった。私は瞬時に真っ赤になったけれど、彼の言っている意味は理解している。アルファとセックスをすることで、フェロモンを安定させるのは重要な手段。

「番になってしまえば問題はない。オメガのフェロモンは抑制剤なしでも、番のアルファ以外に影響を与えないよう変質する。しかし、俺たちはまだ正式な番ではないから、抑制剤は手放せないし、性行為でおまえのフェロモンを安定させるのは必要な処置だ」

「そ、そうですよね。わかってます」

「おまえとじっくり恋愛をすると誓った手前、すまなく思う」

同居以来二週間、いや初体験からひと月ちょっと、征士郎さんは一度も性的な意味合いで私に触れていない。せいぜいキスをしたくらい。それは征士郎さんの気遣いだろう。

「性行為……、はい。周りに私のフェロモンで迷惑はかけられないですから。問題ありません」

「無理はしていないか？　どうしても抵抗があるなら、医師に相談する。九頭竜が懇意にしている医師はバース性の権威だからな」

「大丈夫です！」

勢いよく言って、あまりに張り切って聞こえたら嫌だと唇を噛みしめた。

征士郎さんと身体を繋ぐのが怖いのではない。身体が言うことを聞かなくなるのが怖い。私の感情なんて無視して、獣みたいにアルファを求めてしまうのが怖い。

あの日の私はそうなってしまった……。

「そうか。シャワーを浴びてくるから待っていてくれるか」

「はい！」

私はやっぱり気合充分の返事をしてしまい、征士郎さんの入浴中に身体中をもちもちに保湿し、髪にいい香りのヘアオイルをつけブラッシングした。

先に寝室に入り、布団の上で正座をして待つ。二度目のセックスだ。前回は事故のように始まったので、仔細《しさい》を覚えていない。気持ちがよかったことと、あられもない声をあげてしまったこと、身体が勝手に受け入れ態勢を整えて、欲しがってしまったことだけは覚えている。

今日もあんなふうになってしまうのだろうか。

間もなく征士郎さんが和室のふすまを開け、入ってきた。寝巻が浴衣なのが、何度見てもセクシーだと思う。私はTシャツにショートパンツだ。子どもっぽいだろうか。

「避妊はする。まだ正式な番ではないし、今日は子作りが目的ではないからな」

そう言う征士郎さんは大人らしく落ち着いている。考えてみたら、私より五つも上なのだ。アルファとオメガとして出会い、彼のちょっと天然で可愛らしい部分ばかりにキュンとしていたけれど、日常をともにするとその流麗な立ち居振る舞いにも胸がドキドキする。

征士郎さんが私の前に胡坐《あぐら》をかいた。じっと見つめてくる視線に耐えかね、うつむいた。

「あ、あの。変なところは触らないで……いただきたいのですが」

「変なところ……難しい注文だな」

「えっと、声が出てしまうと恥ずかしいので」

征士郎さんがふっと笑った。

「声が出てしまうところは、イイところだろう。それは触ったほうがいいと思うんだが」

「どうしようもなく恥ずかしいんです！　私、前回、わけがわからなくなってしまって」

記憶の中にある私は、征士郎さんにもっともっととねだっていた。処女とは思えないほど積極的で、表情はきっとだらしなく快楽にとろけていた。はしたない姿がオメガのヒートのせいであったとしても、あんな痴態を見せたくない。フェロモンを抑えるためだけのセックスだから、なおさらだ。

「今日は木葉にヒートは起こさせない。オメガのヒート状態は俺も止まれなくなるし、木葉に不本意な思いはもうさせたくない」

そう言うと征士郎さんの長い指が私の顎をくいと持ち上げた。唇が重なる。柔らかくて、もうそれだけで身体がじんじんするくらい気持ちがいい。

「俺に預けてくれないか」

「征士郎さん」

「本音を言えば、俺はおまえに触れられるのがどんな理由でも嬉しくて仕方ない」

抱き寄せられ、彼の膝の上に乗るような格好になってしまう。密着した身体同士からお互いの熱と興奮が伝わってくる。

「木葉と繋がりたくて、ずっと我慢していたんだ。嫌なことはしない。どうか、俺を受け入れてくれ」

身体の熱さや混乱以上に、征士郎さんの甘い声と耳朶にあたる唇の感触にとらわれる。

「はい。……征士郎さんにお任せします」

次に重なった唇はむさぼるように激しかった。


「きっもちよかった……」

翌日の土曜日、私はシフト的に仕事が休み。正直、休みでよかった。ゆうべの余韻にいつまでも浸っていて、午後になってもまだぼうっとしているからだ。

昨晩、二度目のセックスをした。私のフェロモンを抑えるための処置だったけれど、どうしようもなく気持ちよかった。九頭竜家のアルファは分家のオメガに強制ヒートを促すことができる。その逆も可能なのか、慎重に事を運んでくれたのか、昨晩私はヒートを起こしていない。

だからこそ、すべての感覚が私自身のもの。オメガ性に翻弄されていないクリアな体感で彼を受け入れた。

言葉にならないくらい最高の体験だった。恥ずかしかったけれど、征士郎さんはどこまでも優しかったし、緊張する私をじっくりと甘やかしてくれた。改めて処女を喪失した気分。

私を乱して追いつめるのに、無理はさせない。もどかしくてこちらからねだりたくなれば、私の欲しい分を過《あやま》たず満たしてくれる。

とろとろにとろけて、泥のように眠った私を残し、朝はひとりきっちりと出社していった。スマホには【今日は早く帰る。ゆっくり休め】とメッセージ。

私の未来の旦那様、優しすぎる。格好よすぎる。

でも、これってやっぱりオメガの本能なのだろうか。そもそも身体で篭絡《ろうらく》されているのだから、恋云々《うんぬん》の前に身体目当てである気もしてくる。そう考えると罪悪感のような自己嫌悪のような暗い気持ちが湧いてきて……、ああ、どうして私はオメガなんだろう。

ともかく、余韻に浸りつつも身体は調子がいい。

こうして行為を終えてみれば、昨日まで妙な倦怠感《けんたいかん》はあったのだ。それが今日はもうない。おそらくフェロモンが行為で安定したのだろう。

「征士郎さん、今日は早く帰るって言ってたなあ」

会いたくて仕方ないこの気持ちもアルファとオメガのものなのだろうか。

いや、そんなことを考えていても仕方ない。私は立ち上がり、今できることを考える。夕食は母屋のほうで用意してくれるのですることがないのだ。少し考えて、外出することにした。

九頭竜家の敷地は広いので、守衛さんのいる正門からの出入りはちょっと面倒で軽々しくはしづらい。買い物に行きますと声をかけ、外に出た。九頭竜家の周辺は都心ど真ん中とは思えないほど閑静だ。大きな幹線道路に出てスーパーで買い物をした。

ぐるりと散歩をして、九頭竜家に戻る。私がいないうちに、使用人の人たちがリビングと水回りの掃除をしていってくれたようだ。今後、慣れたら私がするようにしようと思いつつ、キッチンで簡単なおつまみを作る。ササミに梅肉を挟んで焼いて、アボカドとマグロをごま油で和える。あとはナッツを用意した。

おつまみとビール。このくらいなら夕食に響かないし、征士郎さんとの団らんに役立つのではなかろうか。

明日、征士郎さんが休みかどうかは聞いていないけれど、少しお酒を飲むくらい大丈夫だと思う。

「今夜は、……しないよね」

そう呟いて、ひとりで赤面してしまった。これじゃあ本当に身体目当てだ。期待している素振りは見せないようにしないと。

アルファとオメガの欲に溺れたくない。恋心を混同したくないと言いながら、流されるわけにはいかない。何度も何度も唱える。

日が暮れる前に征士郎さんが帰宅した。

「ただいま、木葉」

「征士郎さん、おかえりなさい」

昨晩のことが思い出されて、自然と頬が熱くなってしまう。物欲しげな顔はしていないだろうか。少し心配だ。

「夕食は先ほど母屋から届いています。あと――」

言い切る前に、ダイニングテーブルに征士郎さんが平たい箱をどさっと置いた。

そして、この長い包みはワイン？

「オードブルにワインだ。夕食と別だがこのくらいは入るだろう。今夜はこれをつまみながら、ゆっくり話さないか」

箱を開けると、おそらくフレンチの高級店が用意したと思われる目にも鮮やかなオードブルの数々。ワインもたぶんスーパーでぱっと買えるような代物じゃない。

考えていることがかぶったのは嬉しいけれど、この素敵な品々を見ると、私の作ったおつまみとビールの庶民的なことったら。よし、見せないでおこう。私が明日食べればいいんだし。

「ありがとうございます。征士郎さん！」

「……キッチンで料理の匂いがする」

止める間もなく、征士郎さんがキッチンへ向かう。そして、私の作ったおつまみを見つけた。

「作ってくれたのか？」

「あ、あの、たいしたものではないので。征士郎さんが準備してくれたものをいただきましょう」

「木葉が作ってくれたものが優先に決まっているだろう」

私が隠そうとしていたことが不満なのか、征士郎さんはちょっとだけ眉をひそめて、おつまみの皿を運んでくる。

「征士郎さんと同じことを考えていました。お帰りが早いなら、ふたりでお酒を飲んでのんびりしようかなって」

「気が合うな。ちなみに明日は休みだ。今夜はゆっくりできるぞ」

耳元でささやかれ、否が応にも期待してしまう。駄目だ。こうして身体の繋がりに耽溺《たんでき》してしまっては駄目。

「あの、征士郎さん。私のフェロモン、気になりませんか？」

「ああ。気にならない程度になっている。俺にはちゃんと香るが、他のアルファにはわからないだろう」

そう言ってから、もう一度顔を近づけてくる。

「もう少し抑えておこうか？　今夜は時間がある」

それがお誘いの言葉なのは口調からも、雰囲気からもわかる。私は羞恥と照れくささで目を伏せ「考えておきます」と答えた。


リビングのローテーブルにおつまみや夕食を運び、私と征士郎さんは同居後初ではないかというくらいゆったりした時間を過ごした。

何度もしたデートのように、征士郎さんは私に色々な話を振ってくれ、自分自身も話題を提供してくれる。

私も九頭竜家の妻として、知りたいことはどんどん聞いた。何も知らないままでは困るもの。

「征士郎さんが宗家になるのは結婚式の後なんですか」

「ああ、所帯を持って一人前という考えだ。とはいえ、うちは祖父も健在。当面はナイングループも父が社長のままだ。うるさ方の直系血族もいるし、俺がワンマンで一族を回すわけにはいかない」

「ふふ、うるさ方って……」

「生まれたときからアルファとしてこの一族にいるから、慣れてはいるがな。まあ、何かと口出しをしてきて面倒くさい。しきたりが多い上に、九頭竜は一族総出で純血思想を振りかざして傲慢。さらに直系でなくても九頭竜家や分家はナイングループに多くいる。宗家になるということは、その全員を束ねなければならないという意味だ」

征士郎さんはさらりとプレッシャーも感じない口調で言うけれど、実際それはものすごい重荷なのではなかろうか。

征士郎さんが隣にいる私を見る。

「面倒な家に嫁がせてしまって悪いとは思っている。さらにおまえはアルファの子を産めとあちこちからうるさく言われるだろう」

「いえ、わかっています。それが役割ですから」

「それだけが木葉の役割じゃない」

征士郎さんがワインを口に含み、それから私に口づけた。ワイン味のキスだ。

「俺のそばにいてほしい。それが木葉の一番大事な役割」

そんなことを言われたら嬉しくて、胸が高鳴る。

頷く私に再び征士郎さんが口づけてくる。

どうしよう。今日も止まれなくなりそう。私も彼も、お互いに溺れてしまいそう。

そのときだ。チャイムが鳴り響いた。

この家のチャイムが鳴るのは、使用人さんが夕食を運んできたときや掃除に来たときだけ。

私たちは慌てて身体と身体を離した。征士郎さんがリビングのインターホンに出た。

大きな液晶画面に玄関の映像が映った。

「恵太……」

『兄さん、こんばんは。ちょっといい？』

画面に映っているのは、人懐っこそうな笑みを浮かべる青年だった。

恵太……。この人が征士郎さんの弟？

私たちの新居を訪ねてきたのは征士郎さんの腹違いの弟・恵太さんだった。リビングに入ってきた彼に私は居住まいを正して挨拶をした。ほろ酔いだったけれど、アルコールなんて吹っ飛んでしまった気分だ。

「木葉です」

誓約の儀式のときも顔を見た覚えがないが、初めましてと言っていいのだろうか。

恵太さんは征士郎さんより五センチほど身長が低いように見える。それでも充分高身長で、顔立ちは人気アイドルみたいな爽やか系だ。なるほど、確かに征士郎さんが以前言っていたような雰囲気。

「初めまして、恵太です。やっと挨拶できたよ、木葉ちゃん」

いきなり『ちゃん』付けで呼ばれて驚く。征士郎さんが無表情で釘《くぎ》を刺した。

「なれなれしいぞ、義姉《ねえ》さんと呼べ」

「はあい。でも、俺と木葉ちゃん同い年だし、義姉さんって感じじゃないんだよね」

明るく快活といった様子の恵太さんは、やはり征士郎さんとはキャラが違う。そうか、同い年なのかと今更思った。

「ふたりで団らん中だった？　邪魔してごめんね。これ、新居のお祝い」

恵太さんは巨大な花かごを空いているダイニングテーブルにどさっと置き、ローテーブルには小箱を持ってくる。

「こっちはケーキ。明日くらいまでに食べてね」

「ありがとうございます。恵太さん」

恵太さんが私の顔をまじまじと覗き込み、にこっと笑った。

「あんまりオメガっぽくないね、木葉ちゃん。大人になってからオメガになったって本当？　そのせいかなあ」

私はその言葉にぎくりとする。別にそんなふうに感じる理由はないのに、彼の腹を探るような目に気圧されてしまった。

「恵太。失礼なことを言うな」

「ごめんってー。兄さんのオメガに変なことしないよ」

「木葉は俺の妻だ」

その言い方に、私は征士郎さんを見た。オメガを所有するような物言いを訂正してくれた。

「祝う気持ちは嬉しいが、今日は俺も久しぶりに時間が取れた。木葉と話したいことも多い。遠慮してくれるか」

「わかったよ。ごめんね、新婚さんの邪魔をして。木葉ちゃんまたね」

恵太さんは明るく笑って去っていった。

嵐のような一瞬だった。

「恵太さん、明るくて元気な方ですね」

「ああ、可愛い弟ではある。腹違いだが子どもの頃から俺に懐いてくれて、一緒に育った」

そう言いながら、征士郎さんはずっと厳しい表情。兄弟仲がいいというエピソードを語る顔じゃないように見える。

「木葉、一応だが恵太には気をつけろ」

「へ？」

「ふたりきりで会うようなことは避けろ。恵太はアルファだ」

それを言えば、九頭竜家はほとんどがアルファで構成されているはずなので、誰でも同じだと思う。

しかし、征士郎さんがそう言うなら私は従うべきなのだろう。

「はい、そうします」

「いい子」

征士郎さんが頭を撫でてくれるので、さっきの甘いムードがふわっと戻ってきた。

ああ、本当にこんなこと駄目なのに。

「征士郎さん……」

「木葉、キスしてもいいか？」

さっきは許可なんて取らずにキスをしてきたのに、今確認するのは私を誘っているからだ。

「したいです」

「キスを？」

その先も。とは言えず、私は征士郎さんの胸に顔をうずめた。すぐに上向かされ、激しいキスを受けるのだけれど。


征士郎さんとの週末の後、私は幸と連絡を取った。恵太さんのことを詳しく聞くつもりだった。考えてみれば、義理の姉弟になる関係なのに正式に顔合わせもしていなかったなんて妙な話だ。誓約の場にもなぜいなかったのだろう。

私の昼休憩に合わせて、幸が書店の近くまで来てくれランチをする。

「それってアルファの独占欲じゃないの？」

幸には土曜に恵太さんが訪ねてきたことと、征士郎さんが気にしている様子であることを伝えた。アルファとの接し方について当たり前の注意だとしても、仲がいいはずの兄弟を警戒するような口調だった。

「アルファは番のオメガに対して狂暴なくらいの独占欲を見せるって……。知ってはいるけれど、私たちまだ正式な番の契りを結んでないよ」

「征士郎様とエッチして、フェロモンが落ち着いてるなら、身体的にはお互い番と目してるんじゃない？　征士郎様はアルファの中のアルファって感じだし、独占欲強そうだよね～」

独占欲が嬉しくないわけじゃないけれど、そういう雰囲気ではなかったような気がする。なんだろう、あの日の違和感をさかのぼって考えてみるのだけれどはっきりしない。

「あのね、恵太さんについて聞きたいのよ」

「恵太様とはあんまり接点がないんだよねぇ」

「誓約の儀式に出席してなかったよね」

「ああ、次代宗家の兄弟が参加しないことは多いみたい。遺伝子的に似ているから、同じオメガに惹かれてしまう場合があるんだってさ。兄弟で花嫁を取り合っちゃまずいでしょ。同じ理由で、次代宗家の弟妹は花嫁候補のオメガにはあまり近づかないよう配慮されて育つんだ」

そういうわけなら、確かに幸が恵太さんについて知らなくても無理はない。征士郎さんとは従兄妹の関係でも、母親違いの恵太さんとは血が繋がっていないから従兄妹として会うこともなかったのだろう。

「まあ、ナイングループ主催のパーティーなんかにはたまに呼ばれるから、そういうところで見かけてはいるよ。可愛い感じの男子だよね。私たちと同い年でしょ。確か帝王大《ていおうだい》の三年生。頭も超いいじゃん。さすが九頭竜アルファ」

「人当たりもよかったし、なんで征士郎さんが警戒するのか……」

「だから、独占欲だってぇ。木葉が恵太さんを好きになったら困るから、近づかせたくないんだよ」

独占欲……そういうものなのだろうか。

アルファとオメガとしてではなく、お互いを恋しく想えるようになったら、私は征士郎さんと番になるのだろう。だけど、それがはっきりわかる日がくるのかわからない。どちらにしろ、アルファとオメガとして生まれただけで、生涯このバース性に振り回され続けるなんて不毛だ。

「征士郎様と正式に番になったら？　征士郎様は安心して、そんなこと言わなくなると思うよ」

「そうかな」

「そうだよ。もし、木葉がヒート中にアルファに襲われて首を噛まれたら、レイプ被害どころじゃない。番成立で一生そのアルファのものになっちゃうんだよ。どれほど征士郎様を愛しく想っても、もう征士郎様とは結ばれない」

その言葉にぞっとした。そうだ。オメガは番が成立してしまうと、そのアルファ以外を性的に拒絶するようになる。実際、拒否反応でセックスはできない。

「うん。アルファは次の相手を選べても、オメガにとって番は生涯ただひとり。……わかってるよ」

征士郎さんのことが大事。彼を不安にさせているなら、気持ちだ恋だの言っていないで早く番の契りを結ぶべきなのかもしれない。

彼がその気になれば、私にヒートを起こさせることなど容易だ。今日にだって、番になれる。

「征士郎さんへの気持ちがオメガの欲求だとしても、征士郎さんが大事なことには変わりない。花嫁に選ばれた責任もある。……番になることについて、征士郎さんと話してみるよ」

「うん、それがいいんじゃない？　征士郎様も実の弟を警戒するようなことしたくないだろうし、みんなが安心なほうがいいよ」

恵太さんについて聞きに行って、番契約について諭される結果になってしまった。

だけど、考えるべきなのは確か。少なくとも私は、征士郎さんに恋をしたい。身体を繋ぐのはこれから先も征士郎さんだけがいい。バース性で繋がっている私たちはお互いを相手に、心を育てる約束をしているのだ。それなら番にだって……。

しかし、征士郎さんの多忙さもあり、なかなかこの話をできないまま数日が経っていった。

土曜日、私は書店での勤務を終え、新宿の店舗を出た。ここから九頭竜家へは地下鉄を使うことが多い。しかし、駅まで来たところでいつも使っている線が人身事故で止まっているとスマホに表示された。

さて、どうしよう。ＪＲでも帰れるけれど、と考えていたら、声をかけられた。

「木葉ちゃん」

振り向くとそこには恵太さんがいる。正直驚いた。人だらけの土曜の新宿で偶然会うなんて。

「恵太さん、こんばんは。学校このあたりでしたか？」

「違うよ。友達とメシ。九頭竜家っていっても大学生だからね。友達と飲みに行くし、遊びにも行くよ」

恵太さんはフレンドリーな笑顔だ。やっぱり人懐っこい人。

「せっかくだから歩かない？　疲れたら途中で電車に乗ればいいし」

なんと言って断ろうかと考えた。しかし、今日の恵太さんはどう見ても普通なのだ。アルファのオーラバリバリで威圧的というわけでもない。本当に兄嫁に気を遣っている義弟といった気さくな様子である。

断ったら自意識過剰みたいだ。この先も兄嫁と義弟として関わっていく間柄だし、あまり妙な態度は取りたくない。

「ええ、それじゃあ」

私たちは連れ立って歩き出した。恵太さんはスマホの画面を見せて「この駅で地下鉄に乗れば帰れるから、そこまで歩こう」などと説明してくれる。やはり何か裏があるようには見えない。

「木葉ちゃんって自分が花嫁に選ばれるなんて思いもしなかったんでしょ」

しばらく歩いたところで、世間話のついでのように尋ねられた。私は頷いた。

「ええ、まあ。長い間、自分がベータだと思っていたので」

「じゃあ、驚いたね。あと、兄さん絶倫だからしんどくない？　相手すんの」

いきなりそんなことを言われ、戸惑う。これってセクハラ？　それとも冗談の範《はん》疇《ちゅう》？

「俺たちって年頃になると専門の女性に手ほどき受けるんだけど、兄さんの相手をした女が言うにはスゴかったたってさ。宗家に選ばれる男ってみんなそうみたい。性的に壮健っていうの？　相手するオメガの嫁なんてフェロモンでおかしくなってるから、皆それに付き合ってやりまくられて、身体壊すんだよな」

不穏な言葉に私は黙った。恵太さんは明るく笑顔のままだけど、たぶんわざとだ。すごく不快な言い回しを選んでいるように聞こえる。

「兄さんの母親も、俺の母親も皆早死に。祖父《じい》さんの嫁もだよ。木葉ちゃんはいつまでもつかな？　何回出産に耐えられるかな？」

天使のように綺麗な笑顔で爽やかな口調。それなのに、恵太さんは歪んでいる。

私は拳を握りしめ、返す言葉に迷った。

「そうだ。俺が逃がしてあげようか？　木葉ちゃんのこと」

「え？」

「九頭竜と分家のシステムから逃がしてあげるって言ってんの。俺、友達多いから、ツテあるよ。九頭竜一族は血眼《ちまなこ》になって捜すだろうけれど、さっさと他のアルファと番契約しちゃえば、九頭竜家からも兄さんからも逃げきれるよ」

どういうつもりでこんなことを言うのだろう。

ただこの人から感じるのは強い憎しみ。

このあからさまな悪意に私は対抗する術がない。何しろ、この年まで一族のしがらみなどは一切知らずに過ごしたのだ。

でも、だからといって立ち止まって驚いている場合ではないだろう。私は、あはっとわざと明るく笑った。顔が引きつっているはずだから、たぶんちょっと怖い笑顔だ。

「私、身体がすこぶる丈夫なんですよ」

恵太さんにずいっと近づき、私は目をギラギラさせた妙な笑顔で続ける。

「きっと、九頭竜の血を引く赤ちゃんをたくさん産めます。逃げる理由なんかありません」

「……ふーん、そう」

恵太さんの笑顔が初めて曇った。次の瞬間。私の腕を真横からがしっとつかんだのは……。

「幸……」

「木葉ぁ、もうひどいじゃん。今日、新宿で待ち合わせしてたのにぃ」

幸だった。息を切らしているので走ってきたのだろうとわかる。

そして、待ち合わせなど私は知らない。だけど、ここは話を合わせておいたほうがよさそうだ。

「あ、ごめん。本気で忘れてた。なんだっけ、台湾《たいわん》スイーツ食べに行くんだっけ」

「豆花《トウファ》だよ、豆花～。あら、恵太様ご無沙汰しております」

「ああ、五香家の幸さん……でしたね」

恵太さんがひるんでいる隙に私は距離を取り、しゃきっと背筋を伸ばして言った。

「すみません。幸と約束をしているのを忘れていました。お先に帰ってください」

「わかりました。お気をつけて、義姉さん」

義姉さんと呼ばれたのは初めてだった。私と幸は、去っていく恵太さんの後ろ姿を見つめ無言だった。

「……どういうこと、幸」

恵太さんの姿が見えなくなってから私は尋ねる。幸がは～っと大きなため息をついて、スマホを見せてきた。

「征士郎様から私に連絡があったの。木葉のところに向かってほしいって。位置情報も来てる」

幸のスマホには着信履歴。私は自分のスマホを取り出してみた。征士郎さんからの着信が十件。気づかなかった。私の位置情報は、オメガの特性上、安全のため共有することにしていた。

「なんとなく嫌な予感がして、木葉の位置情報を調べたら普段と違うところを歩いているって。さらに連絡もつかない。頼むって」

幸は本当にダッシュしてくれたようで暑そうにブラウスに風を送っている。これは冷たい飲み物をおごったほうがよさそうだ。

それにしても征士郎さんがそんな差配をしてくれたなんて。

「未来視の力、眉唾ものじゃないのかも。正直、幸が来てくれてすごく助かった」

「よかったよぉ。この前、木葉から恵太さんの件を聞いてたから、ふたりが並んでいるのを見てひゃーって思ったぁ。征士郎様に顔向けできないことにならなくてよかったぁ」

私たちは新宿に戻ってカフェバーに立ち寄り、冷たいワインクーラーのカクテルで休憩を取った。征士郎さんの手配で、運転手の桜井さんが迎えに来てくれ、私を九頭竜家、幸を調布の自宅に送り届けてくれた。

帰宅しても、なんとなく気持ちが落ち着かない。恵太さんの悪意。仲のいい兄弟だったのではないのだろうか。

深夜、玄関のドアが開く音で私は立ち上がった。征士郎さんだ。

「木葉」

リビングに入ってくるなり、征士郎さんがきつく抱きしめてくる。

「なんでもなかったですよ。本当に」

恵太さんに一緒に帰ろうと誘われた。幸が来てくれたので幸と帰った。

……征士郎さんにはそういう報告しかしていない。

「何かされたりはしていないか？　嫌な言葉をかけられたり……」

「本当に大丈夫ですよ。心配性ですね、征士郎さん」

恵太さんに言われた言葉の数々を征士郎さんに話したくはなかった。宗家の妻は性生活が原因で早逝する。そんなの嘘に違いない。

だけど、たぶん嘘ではないのは、『年頃になると専門の女性に手ほどきをされる』という点。

征士郎さんが過去に他の女性を抱いていたことくらいわかっている。男性として普通だ。

それなのに、その部分がどうにも引っかかって苦しい。

「今日はもう休みましょう。お互い明日も仕事ですし」

私は征士郎さんをバスルームに促し、自分自身は布団に入った。胸がもやもやする。今まで感じたことのない嫌な気持ちだ。

征士郎さんの女性遍歴の一端を聞いただけで嫌な感情が湧き出るなんて。そして、征士郎さんにもどこか素っ気なく接してしまったように思う。

こんな気持ちを感じたくなかった。

そして、きっと私のこの苦痛も恵太さんの策のうちなのだろうと思うと、いよいよ気持ちは暗くなるのだった。


翌日、征士郎さんは午前中だけオフィスに顔を出すと言って出かけていった。午後は母屋で一族会の打ち合わせを宗家や先代とするそうだ。一族会というが、政財界に幅を利かせる九頭竜家が仕事上で得た情報交換会が実情のようだ。

私も早番の勤務なので、早々に出勤した。日曜の書店は昼頃から午後が一番混む。コアタイムを乗り切り、十七時に勤務を上がる。

朝沈んでいた気持ちは、忙しく過ごしたことで少々楽になっていた。私は単純なのかもしれない。だけど、考えても仕方のない過去のことに胸を痛めるよりは、立ち働いて無理やりにでも気分を上げたほうが建設的だと思う。

書店の入るビルを出たところで念のため周囲を見回す。恵太さんの姿はない。考えてみれば、昨日は昨日で本当に偶然だった可能性もある。たまたま私を見かけて声をかけただけ。さらには、ちょっと気に入らない兄嫁に意地悪なことを言ってみただけ。最初に会った恵太さんはとても征士郎さんを好いているように見えた。だから、きっと私みたいな分家の端っこに生まれた教育もされていないオメガは相応しくないと思ったのかもしれない。

幸も言っていたけれど、私をよく思わない人たちもいるわけで……。

そんなことを考えつつ、私は九頭竜家へ帰ってきた。門から入り、新居へ向かって歩き出す。神殿や日本庭園を横目に進み、うっそうとした木立の中へ。本当に広い敷地で、九頭竜家を歩き回るだけでウォーキングになるなあと感じる。

玄関の戸を開けた瞬間に中に突き飛ばされた。

「きゃっ！」

膝をつき、上がり框《かまち》に転がる。上体を起こそうとして、さらに突き飛ばされた。床にぶつけた後頭部が痛い。ちかちかする視界に私を見下ろす暴漢の姿が映った。

「恵太さん……何を………」

次の瞬間、視界がぐにゃりと歪んだ。空気の濃度が変わったような独特の感覚。息苦しくて、身体が熱い。

「本当にヒートを起こしてるんだな。九頭竜のアルファは分家のオメガを強制ヒートさせられるっていうのはこれか」

ヒートだ。間違いない、自分でもわかる。恵太さんが私にヒートを起こさせたのだ。

「や、やめ、てくださ……」

声がうわずって震えた。力が入らない。それどころか、身体の芯がずくんと疼いた。

「木葉ちゃん、俺と番になろう」

恵太さんが馬鹿にしたような笑顔で私を見下ろしていた。身体の自由を失い、床でびくびく震えている私を冷たい視線で射貫く。

「誓約で選ばれたなら、どんな経緯があっても木葉ちゃんは次代宗家の嫁。それなら、俺と番おう」

「なに、を……」

「だって、兄さんより俺のほうが宗家に相応しいだろ？」

恵太さんの笑顔が歪んだ。そこにあるのは剥き出しの嫉妬、悪意。

「誓約で選ばれた先妻の子？　兄さんだけが父さんから一字もらって、兄さんだけが宗家として教育された。全部、兄さんが中心。最初から俺はおまけ。そんなのおかしい」

恵太さんは怒鳴り、床をどんと踏み鳴らす。固く握られた拳が壁を殴る音に、慄いてびくんと身体を揺らしてしまった。

「俺にだって平等にチャンスが与えられてもいいはずだ。俺だって宗家になる資質があると認められるべきだ！　そうしないと可哀想だろう。死んだ母さんが！　親父のことが好きで嫁いで、あっという間に死んじゃった母さんが可哀想だ！」

彼が言っていることが遠い。だけど、そこにあるのが深い妬みと苛立ちだと感じられる。存在を認められたい。そんな叫びが聞こえてくる。

恵太さんは私の顎を乱暴に、くいと持ち上げた。間近く見つめ、苛立たしそうに目を細める。

「誓約で決まった花嫁を、俺が番にしたらどうなるだろうな。少なくとも九頭竜は大騒ぎになる。そして、木葉ちゃんと兄さんの新婚生活も終わりだ」

「ばかなこと……やめて…………。わたしは」

征士郎さんの妻になるのだ。他の誰とも番いたくない。

ふたりで心を繋いで、それから番になろうと決めたのだ。

「抵抗なんか無駄だよ。所詮《しょせん》オメガなんだから。アルファなら誰にでも脚を開くし、感じるだろ」

下卑た言葉は途中で止まった。私の目の前から恵太さんの身体がどいた。いや、どかされたのだ。

鈍い音が響き、私の視界には恵太さんを殴り飛ばす征士郎さんの姿が映った。

「恵太！　おまえ、何をやっている！」

来てくれた。征士郎さんだ。

ヒートで身体も心もぐちゃぐちゃなのに、安堵《あんど》で涙が止まらなくなった。

征士郎さんが私に駆け寄り、ぎゅうっと抱き寄せた。力の入らない腕で必死にすがりつく。

「せいしろ、さ、……わたし」

「いい。何も言うな。もう大丈夫だ」

私は征士郎さんの胸に頬を寄せ、うまく動かない身体を震わせ涙した。玄関の外に座り込んだ恵太さんを、菱岡さんやボディガードたちが保護するように立ち上がらせる。

「あとは頼む」

一瞥し、征士郎さんは玄関を閉めた。それから、私を抱き上げ寝室まで運んでくれる。

「征士郎さん、身体、熱い」

私は荒く息を吐き、征士郎さんにしがみつく。熱くて苦しい。そして、身体の芯がとろけそうに疼く。

「ヒートだ。今、緊急用の抑制剤を持ってくる」

「苦しい、苦しいです。してください。私のこと抱いて」

駄目だ。頭の奥で理性が言う。それなのに、止められない。私は征士郎さんにすがりつき、必死にねだる。

「お願い。征士郎さん、早く来て。抱いて」

「木葉！」

オメガのフェロモンは強烈。鋼の精神を持ってしても抗うには限界がある。ただでさえ、征士郎さんは私を奪われかけ、気が立っていたのだろう。

ねだる私を乱暴に布団に押し倒し、覆いかぶさってきた。獣のように激しく唇をむさぼられ、全身を荒々しく愛撫《あいぶ》される。私は痛がるどころか興奮と快楽で声をあげ、夢中で彼の身体に脚を絡めた。

性欲に負けたくない。

バース性に操られたくない。

そう思いながら、私は強い欲求に抗えなかった。


次に意識がはっきりしたのは翌日の早朝だった。障子から朝陽が差し込み、空調は心地いい。壁の時計は五時を指している。横に征士郎さんの姿はなかった。

身体を起こすと、驚くほどすっきりと軽い。昨日の熱病のような状態は、征士郎さんとの行為ですべて消え去っていた。着せられた浴衣の下、拭き清められた身体は、私が意識を失った後に征士郎さんがしてくれたのだろうか。

寝室との仕切りのふすまを開けると、征士郎さんがソファでタブレットに視線を落としていた。朝はよくこうしてニュースをチェックしている。

「木葉、身体は」

「もう大丈夫です。すみませんでした」

私はうつむいた。恥ずかしさもあったけれど、何より気をつけろと言われていたのに隙のある行動を取ってしまったことが申し訳なかった。私が気をつけていれば、恵太さんに襲われるようなことはなかったのに。

「恵太の様子がおかしいのは気づいていた。少し前から見張らせていたんだ。あとは、おまえの帰宅もチェックしていた。大事がなくてよかった」

征士郎さんが近づいてきて、長い指で私の赤毛を梳《す》く。その心地よさに目をすがめながら、私は思い切って尋ねた。

「……恵太さんの様子がおかしくなったのは、やはり私のせいですか？」

征士郎さんは一瞬言い淀《よど》み、それから仕方ないといった様子で頷いた。

「異変はおまえが越してきてから。木葉のフェロモンがあいつを刺激したのはほぼ間違いないだろう。あいつは俺に、いや九頭竜家全体にコンプレックスがある。俺に取って代わりたい欲求だったのか、すべてをめちゃくちゃにしてやりたくなったのか」

「私の未熟なオメガのフェロモンが背中を押してしまったんですね」

私がオメガをコントロールできないばっかりに、恵太さんをおかしくさせてしまったのだ。ショックで握った拳が震える。

「木葉だけのせいではない。もともと、俺と兄弟であるという時点で、遺伝子的な相性から恵太がおまえに惹かれてしまう可能性はあった。あとは、表向き物わかりがよくて人懐っこい弟を演じていたあいつの、不満や苦しみを理解してやれなかった俺のせいだ」

征士郎さんは沈痛な表情をしていた。結果として、恵太さんと隔たることになってしまった。

「恵太は当面、謹慎処分だ。今回の件は内々に済ませる。だが、今後おまえには絶対に近づけない」

「私は大丈夫です。でも──」

私のせいで恵太さんと不和のままでいるのは申し訳ない。彼は叫んでいた。認めてほしいと。彼の欲求を増大させたのは私なのに。

アルファを誘惑し、おかしくさせるのがオメガ。

性欲に勝てずに浅ましくねだってしまうのがオメガ。

私はオメガなのだ。

どうしようもなくオメガなのだ。

実感を持った痛みに私は唇を噛みしめた。

五　迷惑をかけたくない

恵太さんの一件は緘口令《かんこうれい》が布かれ、一族内でもごく一部の人間しか知らないこととして処理されたそうだ。恵太さんは謹慎とは聞いたけれど、それがいつまでなのか、今後一族内での扱いがどうなるのか、私は聞いていない。

オメガのフェロモンにあてられ起きてしまった性犯罪は、多くある。今回は未遂で済んだのだからよかったと考えるべきだろう。

だけど、私の心情はそう簡単に片付かない。私のフェロモンは、恵太さんが隠していたであろう支配欲や嫉妬心までもあらわにしてしまった。これが問題の本質。

後から征士郎さんに聞いた話だけれど、恵太さんの亡くなったお母さんは、当代宗家に恋をしていたそうだ。しかし、誓約で決まったのは征士郎さんのお母さんである五香家の女性。

恵太さんのお母さんである三野家の彼女は、求められても誰にも嫁がずひとりきりで一生を終えようと考えていたらしい。後妻の話は、彼女にとっては降って湧いた幸運だったに違いない。

その彼女も、恵太さんを産んで間もなく亡くなった。彼の記憶の中に母親の姿はないはずだ。だからこそ、恵太さんは自分が認められることで、亡きお母さんの立場を守りたかったのかもしれない。

あのとき、彼が言った言葉はきっとそうした意味。

私が彼の本心を暴いてしまった。征士郎さんに従順で懐いた様子を見せていた恵太さんは、実際に行動に起こす気はなかったという可能性も大きい。私が現れたせいで、事件になってしまった。こんなことになるなんて。

私自身はバース性コントロールのため、征士郎さんの手配で、九頭竜家お抱えの医師の診察を受けた。お抱え医師といっても、個人開業医ではなく連れてこられたのは大病院。その院長室で診察を受けた。九頭竜一族のひとりである医師は五十代で、この病院の院長だそうだ。

「木葉さんはオメガであることは間違いない。でも、確かにフェロモンの放出が不安定だね。抑制剤を変えて、今日は一時的に強めの抑制剤の注射を打とう。滅多なことではヒートが起こらなくなる。排卵は止まらないから、妊娠を希望していないときは避妊をして」

「……私のフェロモンが不安定なのは後発的にオメガになったせいですか？」

「まあ、国内外の症例を見ると、そういった傾向はあるかな。でも、子どもの頃からオメガと診断されていても、ずっと不安定な人もいれば、安定傾向で抑制剤も最低限でいいという人もいる。要は個人差だよ」

つまり時が経てば、落ち着くというわけではないのだ。そのことに落胆したような気分になる。

「やはり番契約を結んだほうがいいんですよね」

「木葉さんは、次代宗家・征士郎さんの奥様。周囲からも望まれるでしょう。しかし、私はあくまで当人同士が話し合っていつ正式に番うか決めるべきだと思ってるよ」

私のしゅんとした様子を慮ってか、医師はにっと笑って言った。

「番契約は、オメガにとっては婚姻より重い決断だからね。大事なのは当人たちの気持ち」

私は医師の言葉にありがたい気持ちで頭を下げて帰宅した。オメガにとっては生涯ただひとりを決めるのが番の契り。

欲に振り回されている情けない私が、征士郎さんを求めていいのだろうか。

征士郎さんと恵太さんの不和の原因は私なのに。

帰宅すると、征士郎さんがいた。ダイニングテーブルに上着を置き、アイスコーヒーを飲んでいる。仕事の合間に家に寄ったのだろうか。

「木葉、来週は夏休みを取ると言っていたな。どこかへ行く予定があるのか？」

だしぬけに尋ねられ、私は首を振った。

「いえ。また、パン屋巡りや書店巡りでもしようかと思っていました」

「パン屋巡りの場所を変えて、俺も一緒に行きたいんだがいいか？」

私が首をかしげていると、征士郎さんがスマホにURLを送ってくれる。

「ここに行きたいんだ」

それは隣県の超人気のリゾートホテルだ。温泉地にある高級志向なホテルで、一泊それなりにするのにいつも予約でいっぱいだとか。

「俺も一緒に夏休みを取る。少しゆっくりしてこよう」

「でも、ここ予約が」

「俺たちが泊まるのはこのホテルの奥にある九頭竜一族専用の棟だ。このホテル自体がナイングループ系列だしな。知らなかったか」

知りませんでした……。巨大企業すぎて、傘下企業まで知らなかった私は、やっぱり嫁として不勉強かしら。そして一族専用の保養場所もあるなんて。

「でも、征士郎さん、お忙しい時期ですよね。夏休みが取れるんですか？」

秋が一番忙しいはずの征士郎さんは私と暮らし出してからも充分多忙だ。そんな余裕があるのだろうか。

「俺だって休暇くらい取る。こうしたグループ関係の施設でくつろぐ程度だがな」

征士郎さんは言い、それからハッとした顔をする。

「木葉は温泉より海や山のほうがよかったか？　海外がいいなら、今から手配する」

「いえ！　嬉しいです！　温泉大好き！」

ちょっと天然なところは相変わらずで、私を喜ばせるためなら無茶を通してしまいそうな征士郎さん。きっと元気がない私を気遣ってくれているのだろう。

「木葉とふたり、時間を忘れて過ごしたい。現地にもうまいパン屋がある。一緒に食べ比べをしよう」

「はい。そうしましょう。ありがとうございます、征士郎さん」

旅の予定はいくつになっても嬉しい。私は嬉々《きき》として荷造りをした。暗い気持ちはまだあったけれど、目先に明るい予定があると心がそちらに引っ張られるのか、少しだけ前向きになれる。

征士郎さんの荷造りも手伝い、当日は桜井さんの運転で現地まで連れてきてもらった。なお、秘書の菱岡さんが行きの車は同乗し、到着寸前まで征士郎さんと仕事をしていたのだけれど。

「菱岡、ここまでだ。あとは休暇の後にする」

「はい。ゆっくりとお過ごしください」

菱岡さんと桜井さんにホテルの前で別れを告げ、私と征士郎さんは顔を見合わせた。

「三日しか休みが取れなくてすまない」

「充分です」

私のために彼が貴重な時間を使ってくれることにありがたさと申し訳なさを感じる。

支配人の男性と従業員に案内され、私たちはホテルの建屋の横を通り過ぎ、静かな庭園を進む。門を抜けると目の前に見えるのは小川と緑の絨毯《じゅうたん》、そこにかかる橋の向こうが九頭竜一族専用の平屋だった。

「すごい」

「水と緑がコンセプトとなっております。散策できますので、ごゆるりと」

支配人の男性が言う。

表のホテルは、日本庭園や植栽の美しさが有名だ。九頭竜一族用のこちらは素朴でナチュラルでありながら、手のかかった棚田や水音が響く滝が見られる。圧巻だ。

日本家屋風の建屋は風が通り、都心部よりずっと涼しい。冷房もいらないくらいだ。裏の門からも出入りができるそうで、専用のキーを渡された。

和風シークレットガーデンと、静かで心地いい離れにため息をついてしまう。

「気に入ったか？」

ふたりきりになると征士郎さんが尋ねてくる。

「はい、すごく」

「よかった。木葉がどうしたら元気になるか、ずっと考えていた」

征士郎さんが畳に脚を伸ばし、ふうと息をついた。

「恵太さんのこと……、考えていました。私のせいで征士郎さんと恵太さんの関係が壊れてしまったのが申し訳ないんです」

「おまえのせいではないと何度も言っている。……あいつと、一昨日話した」

初耳だ。私は顔を上げ、征士郎さんを見つめる。

「俺とのわだかまりは消えないし、素直に兄弟には戻れないそうだ。ただ、木葉には申し訳なかったと言っていた」

「私がいなければこんなことにはならなかったのに」

「むしろ、今回のことがなければ、俺は一生恵太の気持ちに気づかないままだったかもしれない」

征士郎さんが再びふうと嘆息した。表情は自嘲的《じちょうてき》でさみしげだった。

「俺はただでさえ、人の気持ちに疎い。恵太の様子の変化から、木葉には注意を促したが、恵太が腹の中であれほど俺や一族を憎く思っていたと気づけなかった」

「恵太さんは、征士郎さんのことを慕っていると思います。だけど……」

長子でありアルファとして能力が高い征士郎さんが次代宗家であることは、揺らがなかっただろう。それでも、恵太さんは思ってしまったのかもしれない。アルファであり直系の自分にだって宗家の資格がある、と。

九頭竜という一族、バース性。私たちが選べなかったことだらけだ。

「いつか、また恵太とは対話を持ちたいと思う。あいつも大学を卒業すればナイングループに入る。木葉にとっては複雑だろうし、あいつも望まないとは思うが、それでも俺にとっては可愛い弟だ」

「私はおふたりが仲のいい兄弟に戻れれば、それが一番いいと思います」

虫のいい話かもしれないけれど、願わずにはいられない。わだかまりがなく、ふたりが並んで立てるようになりますように。

「征士郎さん、私、本館のほうのお風呂に行ってきていいですか？」

「風呂は、ここにもあるぞ」

先ほど、この離れを案内してもらったときに、露天風呂は見た。だけど……。

「私、大きなお風呂が大好きで。このホテルのお風呂って有名なんです。新しい抑制剤も、注射も効いていて、フェロモンもわからないほどみたいだし、安全だと思います。行ってきてもいいですか？」

「ああ、わかった。行っておいで」

征士郎さんはふっと微笑んでくれた。逃げ出すような態度を取ってしまい、私の胸はかすかな罪悪感に痛む。


私はオメガである自分を受け入れなければならない。それなのに、どこかでオメガを嫌悪している。アルファもベータも誘い、欲に乱れる性。

こんな考えは旧世代的だ。オメガ差別があった時代と同じ考え方だ。

だけど、心なんか無視して征士郎さんの身体を求めてしまったことが何度あっただろう。

私は……こんな自分が嫌。

オメガ性に振り回されている自分を棚上げして、彼と恋愛から始めたいとのたまっていたなんて厚顔にもほどがある。恥ずかしい。苦しい。

大浴場は時間も早く、空いていた。白を基調とした大理石の浴室は高級感がある。夜はナイトプールのような演出があると以前ネットの紹介記事で読んだことがある。夜も来てみようかな。

そんなことを考えながら、戻りづらくてだらだらと入浴した。

いつまでもこうしていても仕方ない。部屋に戻って、征士郎さんと庭園を散策しよう。夕食をとって、夜は花火があがると聞いている。部屋から眺められるだろうか。

そして……、私は今夜も征士郎さんに抱かれるのだろうか。

先日の注射でヒートは起こりづらくなっているはずだ。それでも、私も彼も欲に抗えない気がする。そうすればこの三日間、あの離れにこもってただ抱き合うだけの休暇にもなりかねない。

それでいいのだろうか。

やはり早く番になってしまったほうがいい。

自分自身の葛藤《かっとう》より、まずは周囲に迷惑をかけないため、征士郎さんと番になるべきだ。そうすればフェロモンは抑えられ、征士郎さん以外にはほぼ効力を示さなくなる。

いい機会だ。まずはそのことについて話そう。

私は覚悟を決めて湯舟を出た。

離れに戻ると、征士郎さんはぼんやりと庭園を眺めていた。開け放たれた縁側に座って。

その恍惚《こうこつ》とも見える横顔は、本当に綺麗だった。世界中どこを探したって、彼ほど美しい男性はいないと思う。

「ただ今戻りました」

「ああ、おかえり」

「何をしていたんですか？」

征士郎さんの横に腰を下ろす。涼しい風が湯上がりの首筋に心地いい。

「何もしていない。休暇はいつもそうだ。頭を空っぽにして何も考えない」

「そういうリフレッシュなら、私がいたら邪魔になるんじゃないですか」

「逆だ。普段は何もすることがないから、ぼうっとしていた。子どもの頃から目の前に並べられたことを無心でこなすのが、俺の役割だった。だから、自由な時間は持て余してしまう。木葉は俺をあちこちに連れ出してくれるだろう。楽しみなんだ」

そんなふうに思ってもらえていたのか。じわじわと胸に喜びが湧き上がってくる。

征士郎さんの大きな手のひらが私の頬に触れた。キスをされるのだろうか。もう自然に顔が近づいてしまいそう。

すると征士郎さんが言った。

「今回の旅行の間は、木葉を抱かない」

「え……」

私は言葉に詰まり、思わず彼の黒い瞳を凝視した。

「こうしているだけで好きだという気持ちは伝わると思わないか?」

「征士郎さんの好きは……」

アルファの欲求だ。オメガが欲しいだけ。

私はずっとそう主張してきた。征士郎さんが首を緩く振る。

「木葉を抱きたいのと同じくらい、抱かずに大事に愛でていたい気持ちになる。木葉の好きなことを一緒にしたいし、木葉と楽しいことを見つけて笑い合いたい。どうだ。この気持ちは、なかなか恋愛に近いと思わないか?」

ちょっと得意げに子どもみたいな顔で言う征士郎さん。涙が出てきた。この人は実に素直に、私なんかよりずっと先に答えにたどり着いてしまった。

「アルファとしての狂暴な欲は俺の中から消えない。だけど、ちゃんと心はここにある。木葉を好きな心が。木葉、俺の初恋だ。受け取ってくれるか」

初めて身体を繋いでから二ヶ月、私の気持ちを尊重し続けてくれた征士郎さん。アルファとして強引に私を手に入れることだってできた。心なんか関係ないと、私を番にして孕《はら》ませることだってできた。

だけど、征士郎さんは自分の心を見つめ直し、私に認めてほしいと真摯に歩み寄ってくれた。これほど素晴らしい男性に求められて、どうして断れるだろう。

「はい、征士郎さん。好きになってくれてありがとうございます」

私は自ら征士郎さんの腕の中に飛び込んだ。私も同じ気持ちを返したい。オメガに対する嫌悪や葛藤はまだそこにあり、私の決心を鈍らせる。だけど。

「征士郎さん、私を正式に番にしてください」

「木葉」

「きっとそれが一番いいんです」

腕の中で彼を見上げて、懇願する。私の言葉に征士郎さんが片眉をひそめた。少し考えるように黙って、それから尋ねてきた。

「番になることでフェロモンを抑えるのが目的か？」

「それもありますが……私は征士郎さんが……」

「木葉の正直な気持ちを話してほしい」

見下ろされ、穏やかに促され、私は唇を一度ぎゅっと結んだ。

彼が素直な気持ちを伝えてくれたように、私も伝えるべきなのだろう。隠すことなく、まっすぐな言葉で。

「私は自分のオメガの欲求に恐怖や嫌悪を覚えています。誘惑してしまうフェロモンも、征士郎さんに浅ましくねだってしまう性欲も。オメガの自分が嫌です。でも、恵太さんのときのようなトラブルを起こしたくないんです。そのためには番の契約が……！」

「そういうことなら、俺はおまえの首を噛んでやれない」

征士郎さんに言われ、私は泣きそうに顔を歪めた。嫌われただろうか。すぐに征士郎さんが私の頬を両手で包みキスをくれる。なだめるような優しいキスだ。

「最初に決めただろう。恋愛をするのだ、と。アルファとオメガの欲ではなく、恋で結びつこう、と。まだオメガである自分に戸惑いがある木葉に、トラブル防止に番にしてくれと言われても、俺は聞けない。木葉が俺を大好きでたまらなくなったときに、きちんとした手順を踏んで番の契りを結びたい」

すがりつく私に、まるで教師のように征士郎さんは懇々と説明する。

「でも、私たちが番であったほうが、多くの人に迷惑をかけずに済みます。きっと、一族の皆さんも喜びます」

「一族の計らいで出会った俺たちだが、恋愛をするのは俺たちの間だけの約束だ。俺は譲らないぞ」

私は唇を噛みしめ、ぎゅっと一度目を瞑《つむ》った。一番大事な言葉が伝わっていない。

私は、あなたが……！

「好きですよ！　好きに決まってるでしょう！」

叫んでいた。彼の腕の中で、顔をぐしゃぐしゃにして。

「オメガである自分は嫌。だけど、征士郎さんのことは好きなんです。身体も欲しいけど、心も欲しい。征士郎さんの全部が欲しい！　自分でもよくわからないけど、征士郎さんのことが大事で大事でしょうがないんです！」

「愛の告白。……初恋が叶《かな》ってしまった」

「ふざけないでくださいよ！」

べしべしと征士郎さんの胸や肩をたたいているとその手首をつかまれた。近づいた顔は頬が上気し、幸せそうな笑みを浮かべていた。

「ありがとう、木葉。俺は少し前からちゃんと両想いだと感じていたぞ」

涙が止まらなくなった私の頬に口づけて、征士郎さんは言った。

「おまえの中でオメガである自分への嫌悪感が薄れるまで待つ。オメガとして、俺と番になってくれる覚悟が決まったとき、おまえの首を噛むよ」

「征士郎さん、ありがとうございます」

征士郎さんを大事に想う気持ち。彼のちょっと天然なところや、無邪気なところ。私を守ってくれる力強さ。私はちゃんとこの人に惹かれている。

だから、私はこの人の妻になりたい。生涯ただひとりは征士郎さんであってほしい。

「好きです」

「この旅行中にたくさん聞かせてくれ」

征士郎さんの腕の中で、私は幸福に目を閉じた。


三日間は瞬く間に過ぎた。翌日は朝から近隣を散策し、地元のベーカリーやスイーツショップを回った。もともと歩き回るのが大好きな私に付き合って、征士郎さんは温泉地や近隣の街まで足を延ばして一緒に歩いてくれた。

美味しいものを食べるときに、お互いの写真を撮った。征士郎さんはスマホのカメラ機能を仕事以外で使ったことがないそうで、彼のカメラロールには初めて、花や景色、ソフトクリームやランチの写真が並ぶこととなった。もちろん私と一緒にインカメラで撮った写真もある。

三日目は、夕方に桜井さんのお迎えが来るまで、近くの山を歩いた。登山の装備がないので、ロープウェーで登り、遊歩道が整備された部分だけを散策した。天気がよく、かなり暑く、戻って部屋のお風呂に入ったところで、お迎えの時刻。

帰りの車では征士郎さんは仕事をせずに、私と撮った写真を見返し、嬉しそうに顔をほころばせていた。そんな彼の横顔が可愛いなと思いながら、私は眠りについてしまった。

三日間、たくさんキスをしたし、寄り添って眠ったけれど、私たちはセックスをしなかった。お互いを大事にする時間に決め、恋人同士の優しい時間を過ごした。

私たちは今、恋をしている。お互いを想い、お互いのために過ごした。とても素敵な時間だった。あとは私が自分のバース性についてもっと理解を深め、受け入れられるようになるだけ。

そうしたら、改めて彼にお願いしよう。正式な番にしてほしいって。

九頭竜家に到着し、私たちの家に入るなり、本家からお呼びがかかった。来客だという。

「木葉、疲れているところ悪いが、おまえも来いとのことだ」

「はい。なんでしょうね」

私たちは敷地内を歩き、言われた通り応接用の邸宅に入る。応接間に入ってぎょっとした。宗家、先代はもちろん、ずらりと何人もの九頭竜一族の男性たちが集まっていた。そしてソファに客として座っている女性は見たことがある。

「二科家の……」

思わず小さな声で呟いてしまった。征士郎さんが先に声をかける。

「二科亜美、今日の用向きは」

二科亜美さんだ。誓約の日に会った二科家の花嫁候補。幸曰《いわ》く『征士郎様の大ファン』。訪問着を着て、すっと背筋を伸ばした彼女は征士郎さんをじっと見つめている。

赤い唇が物言いたげに開かれ、すぐに閉じた。

「征士郎、木葉さん。まあ、そこにかけなさい」

指定された席につくと宗家が続けて言った。

「今、彼女からの陳情をひと通り聞いたところだ。今回の誓約の神事に不満がある、と」

「神聖な神事に不満などございません」

亜美さんがようやく口を開いた。静かで落ち着いた口調だ。

「ただ、ご意見申し上げたく、分家の代表として参った次第です」

私はごくんと唾を呑み込んだ。彼女は分家の代表で意見を言いに来た？　それはほぼ間違いなく私のことじゃない。

「成人後にオメガに転化した者が花嫁に選ばれたのは前例のない珍事です。さらに八街家のオメガ様は、花嫁として九頭竜家の正統な教育を受けた方ではない。これは、何か手違いがあったのではと、分家の花嫁候補だった者たちは口々に言っております」

幸が言っていたのはこれだ。私が花嫁であることを面白く思わない者は多くいる。花嫁候補当人もそうだろうし、分家側も多額の結納金と九頭竜との縁を得るチャンスをなくしたわけだ。

だけど、九頭竜一族としてはこういった動きを抑え込みたいのではなかったのだろうか。どうして、私と征士郎さんがここに呼ばれたのだろう。

「二科家の亜美嬢は、再考のチャンスが欲しいと儂らに言っている」

先代がどこか面白そうに私たちを眺める。征士郎さんは眉間にしわを寄せたままだ。

「再考とはどういうことですか。誓約は絶対のはず」

「異例だったからこそ、異例のチャンスが欲しいということだそうだ」

亜美さんが征士郎さんをじいっと見つめ、おずおずと口を開いた。彼女からすると、征士郎さんと喋ることすら緊張し、胸が震えることなのだろう。

「私どもオメガの花嫁候補は、征士郎様にお仕えすべく励んでまいりました。ですが、正直なところ、その成果を征士郎様にご披露する機会が少なかったように思えます。ご多忙な征士郎様のお邪魔にはなりたくないと控えておりました結果です」

「何が言いたい」

「アルファとオメガとして相性を見る機会が少なかったということですわ」

相性……それは……。

「セックスでもして相性を見ればいいのか。断るぞ」

征士郎さんがあからさまに、且つ、にべもなく言い放つ。

亜美さんはひるまずに主張する。

「木葉さんがいらっしゃるのに、そんなことはとても望めませんわ。ですが、一緒に過ごす機会をいただけたら、もっと相性がわかるのではないでしょうか」

征士郎さんはくだらないといった様子で首を左右に振る。

「結構だ。俺には木葉がいる」

「まあまあ、征士郎。ほんの一度か二度食事に行く程度ならいいんじゃないか？」

そう執り成したのも先代だ。私は黙り、固唾を呑んで話の行く末を見守る。

「分家の不満を解消するのも本家の務め。食事なりなんなり行って、木葉嬢より惹かれる女性がいれば、もう一度考えればいい。やはり木葉嬢だということなら、今のままでいい。何しろ、おまえたちは正式な番というわけでもないし、木葉嬢に子もまだいない」

「父さん、木葉さんに失礼な物言いをするものではありませんよ」

宗家が渋い顔を作って、先代をたしなめる。それから、私のほうを見た。

「木葉さん、申し訳ないんだが、分家の不満を解消するのは実際に大切なことでね。ほんの一度、征士郎が花嫁候補だった女性たちと会うのを許してやってもらえないかい。ちょっと食事をしてくる程度なんだ」

征士郎さんが拒否をしているから、私に許可を求めているのだ。私が執り成せば征士郎さんは断ることができない。そして、この状況で私も嫌ですとは言えない。さすが、ナイングループのトップ。退路を断つ術を心得ている。私は頷き、答えた。

「私はかまいません」

「木葉」

征士郎さんが私を呼ぶけれど、彼もまたここは引き受けなければならないとわかっているようだった。

「……今日のところは引き取ってくれ。後日正式に返答する」

征士郎さんは亜美さんにそう言わざるを得なかった。


「まったくとんでもないことになったな」

征士郎さんは私たちの新居に戻るなり、忌々しそうに吐き捨てた。旅行で使ったスーツケースはリビングにまだあり、荷解きもしていない。私も征士郎さんも、疲労を感じていた。

「征士郎さん、私は気にしません。形だけでも応じれば済む話じゃないですか」

閉め切っていたリビングの窓を開け、風を通しながら私は言う。たった一度のデートくらいなら、私だって我慢できる。

「父と祖父の考えはわかっている。いや、一族の考えだな。木葉の後釜を用意しておきたいんだ」

「後釜……」

「この件は俺が木葉から他家のオメガに乗り換えるかどうかが大事なのではない。俺が『木葉の次に気に入るオメガ』を探すのが目的だ」

ぞくりとした。その意味がわかった。征士郎さんのお母様は早逝、その後に現宗家は他家のオメガを迎え入れたのだから。

「私が跡継ぎのアルファを産めずに死んだ場合、ということですね」

「宗家の妻が早逝するというのは、ジンクスのようなものだ。俺の母親は産後に病気が見つかって亡くなった。恵太の母親は元から身体が強くなかった。その点、木葉は気にしなくていい。……おそらくは木葉がアルファを授からなかった場合、二番手のオメガを愛人として俺に差し出すつもりだろう」

私は言葉を失った。一族は私がアルファを産めるか心配しているのだ。大人になってオメガになった女が、アルファを産む能力があるのか疑問に思っているのだ。

だけど、愛人などという悪辣な考えを持っていただなんて。

「九頭竜のウィークポイントだからな、生殖率の低さは。分家は繁栄しているのに、本家の九頭竜一族の数は着実に減少している。そのためには旧体制のままではいられない。そのうち、宗家に大奥のようなところをあてがうかもしれないぞ」

征士郎さんは嘲笑するように言い、それから窓辺に立つ私に歩み寄ってきた。まっすぐに見下ろしてくる美しい瞳。

「木葉は何も心配することはない。俺には木葉しかあり得ない」

「運命の番ですか？」

かつて征士郎さんに言われたことだ。都市伝説ではなく、存在するという運命の番。出会えば魂が惹かれ合う存在。

征士郎さんがふっと笑い、かすかに首を横に振った。

「違う。バース性は関係なく、惚れた女は木葉ひとりという意味だ」

私の心の暗闇を照らす征士郎さんの言葉。私は泣きそうになるのをぐっとこらえ、せめて元気に微笑んだ。

「信じています」

誰とどう過ごしたって、征士郎さんは揺らがない。私だってそう信じている。

九頭竜一族の想像以上に深淵《しんえん》な闇を垣間見て、不安で怖い。オメガである自分が嫌なのに、九頭竜家から期待されていないかもしれないと思った瞬間、寒々しく頼りない気持ちになっている。

だけど、征士郎さんが強くあろうとしてくれている以上、私も強くありたい。

六　番の契り

「私は不参加」

仕事帰り、カフェで私は幸と向かい合っていた。幸はアイスカフェオレにガムシロップをたくさん入れて、ストローで混ぜている。

先日の旅行から一週間、カレンダーは九月に入った。夏も終わる頃だ。私は幸にお土産を渡すため職場近くのカフェで待ち合わせをしていた。ついでに例の花嫁候補の再選定について話がしたかったのだ。

「征士郎さんとのデート、遠慮するってこと」

「うん。木葉と征士郎様が幸せにやってるのに、水差したくないもん」

幸は当然といった様子で頷く。

「二科家の亜美さんからは連絡が来てるけどねえ。参加しろって。たぶん分家全員の足並みをそろえたいんだろうね」

「確かに彼女、分家の代表で来たって言ってたかな」

「一番納得がいっていないのが彼女ってだけでしょ。あとは、まあ形だけ追従してる家ばかりじゃない？　分家が皆同じ考えじゃないって表明するためにも私は不参加。両親もおじいちゃんもそれでいいってさ」

幸がスパスパと両断するように言い切ってくれるので、私の心は少し楽になった。

そうか、分家の全員が私を不満に思っているわけではないのかもしれない。

ただ、亜美さんが私を邪魔だと思っているのは間違いなく、九頭竜一族が私のオメガとしての役割を信頼していないのも間違いないだろう。

「そもそも、私にも縁談が来てるんだよねえ」

「え、幸、結婚するの？」

「早い早い。前も言ったじゃん。昔からお声はかかってるのよ。中でもアメリカの実業家のアルファがね、熱心に声をかけてくれて」

幸はうふふと笑いながら、スマホで写真を見せてくれる。金髪にグリーンの瞳の男性が微笑んでいる。実業家って言っているけれど、筋骨隆々でラガーシャツを着て笑っている彼は、アスリートみたいだ。

「何度も来日して口説きに来てくれてんの。ずっと九頭竜の花嫁候補だからって理由で断り続けてきたんだけど、花嫁候補から外れたって聞きつけたらしくて、この前エンゲージリングとバラの花束持って押しかけてきたんだよ」

「わぁ、熱烈」

「参ったわぁ」

そんなことを言いつつ、まんざらでもなさそうな幸は、たぶん写真の彼のことをそれなりに気に入っているのだろう。

「七つも上だし、性格は暑苦しいし、嫁入り先はシカゴだし、ちょっと悩むところなんだけどさぁ」

「悩むってことは、真剣に考えてるんだね。幸が海外にお嫁入りしちゃうのはさみしいけど、応援してる」

「ありがとねえ。まあ、そんなわけで真面目にパートナーを決めている最中なので、征士郎様にかまっている暇はないって伝えてぇ」

冗談で失礼なことを言いつつ、幸は楽しそうだった。

征士郎さんは次の週末、時間を区切ってオメガの元花嫁候補たちと会うそうだ。幸のように辞退する者もいるのだろうか。九頭竜家にとって、分家のオメガは貴重だ。外部から求められることもあるだろうけれど、ほとんどは九頭竜家内で縁談が決まってしまうのだろう。すでに縁談が進んでいる家でも九頭竜家内なら、一度白紙に戻して再選定をさせるということも……。

カフェを出ながら、そんなことを考えていると、横を歩く幸がぴたりと足を止めた。

新宿の路上、人混みの中に目立つ女性がいる。

「亜美さん……」

二科亜美さんがそこに立っていた。誓約のときはドレス、先日は訪問着姿だった。今日はミニスカートにTシャツ、ヒールの高いサンダル姿だ。たぶん、私服はこういった雰囲気なのだろう。

「亜美さん、ごきげんよう」

幸が先に彼女に話しかけた。取ってつけたような笑顔とともに。

「幸さん、何度も連絡しているのに、どうして返事をしないの？　ご両親にあなたの居場所を聞いて、ここに来たわ」

「返事をしたじゃないですかあ。私は、征士郎様とのお見合いは参加しないんですよぉ」

のらりくらりとした幸の口調に、亜美さんが苛立っているのがわかる。

「分家の足並みをそろえてもらわないと困るわ」

「でも、私も縁談が進んでいるので～。それを壊す権利も亜美さんにはないでしょ？」

幸のやんわりとした拒否に、亜美さんが今度はキッと私を睨んだ。

「八街木葉さん、すべてはあなたのようなイレギュラーのオメガを由緒ある九頭竜家から排除するために行っていることなの」

ははあ、痛いほど伝わっております。

とは答えられないので、私は黙って、彼女を見つめる。矛先が完全に私に向いたようだ。

「私はあなたを征士郎様の花嫁だとは認めない。征士郎様の花嫁には容姿も頭脳も秀でた私こそが相応しぃ。あなたが選ばれたのは、絶対に何かの間違いです。私はそれを証明してみせるわ」

なんという高飛車なお嬢様だろう。ここまでの気性のオメガを作り上げた二科家を、逆に尊敬してしまう。

「証明ってなんですか。亜美さん、ちょっと木葉に対して失礼すぎですよぉ」

幸が口を挟む。亜美さんは居丈高にふふっと笑った。

「見ていればわかるわ。木葉さんとは正式な番契約を結んでいないんだし、チャンスは充分ある。征士郎様は運命の番が誰か、きっとわかってくださるわ」

すごい自信だ。ちょっと驚いてしまうくらいの。

彼女はオメガとして生まれ、花嫁候補として育てられた。自分のオメガ性に嫌悪を覚え、フェロモンをコントロールできない私とは根本から違う。

だけど、負けられないこともある。

「お言葉ですが」

唇を開くと、思ったよりはっきり声が出た。その勢いのまま言い切る。

「征士郎さんを好きな気持ちでは負けません。花嫁の座は譲りません」

私の応戦姿勢に亜美さんは目を剥き、隣では幸がのんきに拍手をしていた。


週末、征士郎さんは半日ずつ元花嫁候補のオメガたちと会う。初日土曜の午前中が七海家の京香さん、午後が一橋家の由佳子さん、二日目日曜の午前中が二科亜美さん。

幸は縁談が来ていることを理由に辞退。四谷家のりおんさんもすでに九頭竜家のアルファの男性と縁談が進み、番契約も結んでいるため辞退となった。

「行ってくる」

土曜の朝、征士郎さんは玄関先で私にキスをして言う。

「こんなことに時間を使うなら、木葉と出かけたい」

「その言葉が嬉しいですよ」

私も征士郎さんにキスを返す。

「美味しいジェラートの店があるんですけど、今度付き合ってくれますか？」

「もちろんだ。次のデートはそこだな。暑いうちに行こう。そのほうがうまいに違いない」

「ジェラートは一年中美味しいですよ」

楽しい予定を立てよう。そうして、こんなもやもやを消してしまおう。

私は征士郎さんを見送り、自分自身も仕度をして仕事に出かけた。職場の書店は大忙しだった。今日の持ち場は文具フロア。新学期が始まったこともあり、学生や子どもが多い。あれはどこですか、これはありますか、と質問されることも多く、お昼の休憩もかなり遅れてしまった。

十五時頃ようやくバックヤードで座ることができた。忙しかったのはよかった。征士郎さんのことを考えずに済んだから。

しかし、スマホに征士郎さんからメッセージが入っているのを見て、飛びついてしまった。昼過ぎのものだ。おそらくは京香さんとのデートの後、次の由佳子さんと会うまでに打ったのだろう。

【仕事はどうだ】

ひと言だけ。でも、それが征士郎さんなりの気遣いなのが伝わってくる。仕方なく他の女性と会っていても、気持ちは私のほうにあると。

私は【大丈夫です】とだけメッセージを打ち、スマホをしまった。心配する必要なんかない。


その晩、征士郎さんは夕食まで由佳子さんと過ごし帰宅した。

何事もなかったのはわかっているけれど、やはり征士郎さんの顔を見たらほっとした。征士郎さんが腕を広げるので、遠慮なくその中に飛び込む。

「俺が木葉以外にはなびかないと、親父たちには理解させなければならない」

「この件が終われば、理解してくださいますよ」

言いながら希望的な話だと自分で思った。私がアルファの跡継ぎを産むまで、プレッシャーは続くのだろう。

「明日は昼で終わりだ。午後、遅くなるかもしれないが、ジェラートを食べに行こう」

「ええ、そうしましょうね」

「夕食も外でとるか？」

「いえ、ここで征士郎さんとふたりで過ごしたいです」

征士郎さんが私の頬にキスをして、耳元でささやいた。

「可愛らしく誘う術を身につけたものだ」

「さ、誘ってなんか」

「違うのか？」

じいっと見つめてくる瞳は、子どものように熱心だ。私は言い淀んで、それからぼそっと答えた。

「違わなく、ない……です」

「期待に応えないと。明日も、今夜もな」

嬉しそうに抱きしめてくる征士郎さんに身をゆだねながら、私の心中はまだ不安だった。

明日は二科家の亜美さんと会うのだ。亜美さんは自分こそが花嫁に相応しいと断言していた。征士郎さんを振り向かせるために何をするつもりだろう。

翌日、征士郎さんは昨日と同じく朝のうちにスーツ姿で出かけていった。

今日に限って私は仕事が休み。暇なのは困る。征士郎さんと亜美さんのことを考えてしまうから。幸と約束でもすればよかっただろうか。

いや、たった半日待つのが耐えられないなどと子どものようなことは言わない。夕方には征士郎さんと出かけるのだ。夜はまた一緒に過ごせる。

「征士郎さんが帰ってきたら言おう」

番について。私なりに真剣に考えた。

やはり征士郎さんと番の契りを結ぼう。そうお願いしよう。

オメガという性について、まだ恐怖心も不安感もある。だけど一族の人たちに心配され、不安要素だと見られるなんて御免だ。

私自身にどんなプレッシャーがかかってもいい。でも、次代宗家の征士郎さんは私の比ではない重圧がかかるはずだ。それは申し訳ない。愛人を作れ、アルファを産ませろ。そんな外野の声を少しでも抑え、私と征士郎さんの安寧を守るために私は番契約を選ぶ。

征士郎さんのためなら、ふたりの未来のためなら、勇気が湧いてくる。

すると、スマホが鳴り響いた。

知らない番号が表示され、ショートメールが入っていることに気づく。開いてみて驚いた。

【西新宿、料亭鴨川《かもがわ》】

【十一時。あなたの席も用意してあるわ】

【来ても来なくてもいいわよ】

【亜美】

亜美さんからだ。どうやってか、私のスマホの番号を手に入れたらしい。

そしてこのメッセージはなんなのだろう。いや、意味よりその不穏さに震えが走った。彼女は確実に何か企んでいる。

私は立ち上がり、出かける仕度を始めた。

罠《わな》かもしれない。嫌な目に遭うかもしれない。だけど、それよりも征士郎さんのことが気にかかった。


指定された時刻にその料亭にたどり着く。ビルの真ん中にたたずむ近代的な二階建ての料亭。門に鴨川と店名が出ている。

「八街様ですね。こちらへどうぞ」

話がついているようで、私が門をくぐるとすぐに迎えが来た。料亭内の廊下をかなり奥まで進み、一室に案内される。お茶が用意されてある和室だ。ふすまがあり、隣の間があるのがわかる。いや、どちらかというと私がいる六畳ほどの部屋が次の間で、メインの部屋がふすまの向こうなのだろう。

話し声が聞こえ、すぐにそれが亜美さんのものだと気づいた。相槌《あいづち》を打つような低い声は征士郎さんに違いない。この一室に近づくだけでなんとなく征士郎さんの香りのようなものを感じていた。私が反応するアルファの香りだ。

楽しそうな亜美さんの声を聴いていると、彼女がどれだけ征士郎さんが好きか伝わってくる。私より長い間、彼を見つめていただろう亜美さん。想いは私よりも強いと言いたいのだろうか。それをわからせるために私はここに呼ばれたのだろうか。

すると、ばたんと大きな物音が聞こえた。驚いてふすまに近づく。だけどおいそれと開けることはできない。ふたりの邪魔をしては、宗家や先代の意図に反するだろう。

「亜美」

征士郎さんが彼女を呼ぶ声。そして、衣擦れと物音。

ぞくりとした。甘ったるい蜜のような香りが鼻先をかすめたのだ。私にもわかるこの香りは、オメガ特有のもの。

ああ、という嬌声に近い亜美さんの声が聞こえた。

耐えきれず、私はふすまを数ミリ開けてしまった。濃く甘い匂いが鼻から脳までを刺激した。オメガのヒート、フェロモンの香りだ。

そして、隙間から見えた光景に心臓が嫌な音をたてた。

「亜美！」

彼女の名を切羽詰まったように呼ぶ征士郎さん。その腕にすがりついて身体を預けているのは亜美さんだ。ワンピースの前のボタンはほぼ外れ、下着が覗いている。太ももの付け根までたくし上がったスカートからなまめかしい脚が見えた。征士郎さんの視界にも間違いなく入っている。

征士郎さんが身体を支えようと触れるそばから、亜美さんは激しく喘《あえ》いだ。演技ではない。実際にヒート状態のオメガはああなのだと私もわかる。

「征士郎様ぁ」

亜美さんが甘ったるくキスをねだるのが見える。頬を上気させ、甘い吐息で彼を誘っている。

「抱いて。めちゃくちゃにしてください」

オメガのヒートに抗えるアルファがいるだろうか。

そのとき、征士郎さんの横顔が見えた。

その顔を見て、私は耐えきれなくなり立ち上がった。和室を飛び出し、うろ覚えの料亭内を駆け抜けて外へ出た。胸が苦しくてつぶれてしまいそうだった。

家に帰って、一時間もしないうちに征士郎さんが帰宅した。

「木葉」

私はリビングのソファでうなだれていた。生気のない顔をしていただろう。

「あの場にいたな？　おまえの匂いがしていた」

「亜美さんは……」

「病院のバース科に緊急搬送した。数週間前から意図的に抑制剤を減らし、ヒート誘発剤を飲み、俺と会うタイミングでヒートが起こるように仕組んでいたらしい」

そうか。あのヒートは征士郎さんが起こさせたわけではない。彼女が勝手に起こしたものなのだ。彼女は私に見せつけたかったのだろう。征士郎さんが自分を抱くところを。

征士郎さんが私の前にひざまずく。

「誓って、何もしていない」

「わかっています……」

何かあったのなら、こんなに早く帰ってくるわけがない。そこは本当に救われた気持ちでいる。

しかし私の頭の中から、あの瞬間見た征士郎さんの横顔が離れない。

「征士郎さんの顔、アルファの顔でした」

「木葉」

亜美さんを抱きとめた彼の顔は、狂暴なまでのアルファの欲にあふれていた。本能の虜となった男の顔をしていた。

「仕方のないことです。わかっています」

だけど、あなたは亜美さんに欲情したんですね。必死に抑えたのだろうけれど、彼女を抱きたいとあの瞬間思ったんですね。

それがわかってしまうからつらい。

「亜美ともう会うことはない。俺を罠にはめようとしたことは許しがたいし、ルール違反だ。それを信じて理解してほしい」

私はうつむき、涙をこらえた。理解しているつもりだ。彼は私を愛してくれている。だけど、感情は別だ。いつか恵太さんから言われた征士郎さんの過去の女性にまで嫉妬してしまった私は、目の前で愛する人が他のオメガに欲情する姿を見てしまった。それだけで胸がつぶれてしまいそうに痛い。

「私たちはバース性に操られるしかないのでしょうか。アルファとオメガであれば、相手が誰でもセックスしたくてたまらなくなる。悲しいです。あなたに感じた強い愛情、あなたがくれた優しい愛情を信じているのに、すごくつらい」

私は立ち上がり、征士郎さんに背を向けた。

「ごめんなさい。少しの間、あなたから離れたい」

征士郎さんは私を呼び止めなかった。その静けさから、彼が傷ついているのが伝わってきた。彼は悪くない。何も悪くない。

私の狭量が悪いのだ。

私はその日のうちに九頭竜家を出て、一時的に八街の実家に帰った。


九月半ば、休日。

私は実家でごろごろしていた。私の部屋は片付けられ、早々に物置とされてしまった関係で、寝起きしているのは客間だ。

「木葉、洗濯物。あら、あんたまた散らかして」

「散らかしてません」

スクラップブックを作っていただけだ。こじゃれた感じにはできないけれど、たまに食べたものや行った場所の写真や、チケットの半券などをスクラップブックにまとめる。

出歩くのが好きな私が、秋晴れの絶好のお出かけ日和に家でスクラップブック制作にいそしんでいるのは、心のパワーが足りないから。

「征士郎様が海外だからって、実家に戻ってきた途端これだもの。本当に征士郎様の奥さんが務まっているのかしら」

母は話をろくに聞かずにため息をつく。本当のところ、私が征士郎さんと不仲で出戻ってきたのではないかと勘繰っているのだ。私から話を聞き出そうとしている様子がある。

当たらずとも遠からず。しかし、それを母に言えば大騒ぎになる。表向きの理由は、征士郎さんが海外出張の間帰省している、というもの。それ以上を話す気はない。

私が実家に戻ると言ったとき、征士郎さんは同じ理由を宗家たちに説明したそうだ。海外出張が多く、さみしい思いをさせるから少しの間実家に帰らせる、と。

一族の上層部がどう思ったかはわからない。

亜美さんがヒートを起こした件と一族の対応の顛末《てんまつ》すら、私は聞かずに家を出てしまった。

征士郎さんは、私を引き止めなかった。

私の感じた苦悩がわかったのだろう。

征士郎さんのことはもちろん信じている。亜美さんを介抱し、病院に搬送する手配をした経緯に偽りはない。オメガのヒート中のフェロモンに抗ったのだから、凄まじい精神力だ。それが私のために発揮された力であることも理解している。

それなのに、私は征士郎さんが他のオメガに一瞬でも見せた欲情の顔に傷ついて、立ち上がれなくなってしまった。

彼はアルファなのだ。

わかっていたことなのに、なんて心が弱いのだろう。

別居から三日。征士郎さんの海外出張の予定は本当で、おそらく今日午後のフライトだ。別件もあって、まずは欧州へ向かうと聞いている。その後、シンガポールでトランジット、現地のアジア某国へ。

一週間は帰らないのだから、あの家にいればよかったかもしれない。

だけど……。

私は馬鹿だ。征士郎さんを拒絶しておきながら、三日も会えないでいるうちに彼が遠くに行ってしまうのが悲しくてたまらない。

会いたいのか会いたくないのか自分でもわからない。ただ、征士郎さんが恋しくて苦しい。

身体に力が入らず、圧倒的なパワー不足を感じるのは、愛する人と離れたからだろうか。涙が出てくるのは、メンタルが不調だからだろうか。

こんなことなら、そばにいればよかった。ううん、そばにいてもきっとつらくて嫌な態度を取ってしまった。

私はどうしたらいいのだろう。どうしてこんなに気持ちが揺れるの？

そのとき、家のチャイムが鳴った。母が応対し、すぐに私を呼びに来た。

「木葉、征士郎様の秘書の方がお見えよ」

私は立ち上がり、急いで廊下へ出た。玄関先には菱岡さんの姿。

「菱岡さん、何かありましたか」

「今しがた、征士郎様を空港にお送りした帰りです。お届け物があって参りました」

そう言うと菱岡さんは大きな紙袋を取り出す。

「木葉さん、僭越《せんえつ》ながらこちらを」

「これは」

中身は征士郎さんの服だった。部屋着にしているラフなパンツや、Tシャツ。そして、ワイシャツにインナーシャツまである。

「征士郎様と離れるお時間が長くなりますと、体調的に苦しいかと思いまして。ヒートがいつくるかわからないと、征士郎様も気にしていらっしゃいましたのでお持ちしました」

思い当たるのは、オメガの巣作りという行為のこと。

ヒートが近づいたオメガが、アルファの衣類など香りのするものを自分の居心地のいい場所に持ち込む行為を指す。衣類にくるまったり、抱いて寝たりするのだ。オメガにとっては安心を得るための行為であり、アルファを待つため心身ともに準備する行為でもあるという。

「あの、ありがとうございます」

「九頭竜家から離れていらっしゃると、征士郎様を偲《しの》ぶものもなくご不便でしょう。私も明後日には出国してしまいますが、他の者に申しつけておきますので、お困りごとはおっしゃってください」

菱岡さんは私が実家に戻っている理由を知っているのだろうか。勘のよさそうな人だ。征士郎さんが喋らなくてもある程度不和は察しているのかもしれない。

菱岡さんが帰ってから、私は征士郎さんのTシャツを紙袋から引っ張り出した。ぎゅうっと抱きしめると、安心感で全身の力が抜けた。征士郎さんの匂いだ。征士郎さんがいるみたい。

涙がにじんできた。会いたい。征士郎さんに会いたい。

嫉妬から彼を傷つけて、拒絶して申し訳ない。

あれほど、私だけだと愛を誓ってくれていたのに。

「征士郎さん……」

その晩、私は征士郎さんのTシャツを抱きしめて眠った。ここ三日で一番よく眠れ、つらい倦怠感は朝起きるとすっきりとなくなっていた。


征士郎さんが海外にいる間、私は実家と職場の書店を往復する日々を送った。

菱岡さんが届けてくれた征士郎さんの衣類は驚くほど私の心身を満たした。お布団の中に持ち込んで、くるまって眠ると安心できる。精神安定剤のようなものだ。

抑制剤も効果が出ているようで、フェロモンも抑えられている。医師の定期健診では、間もなく通常のヒートがくる兆候があるそうだけれど、問題なく日常生活を送れるだろうとのことだった。

征士郎さんに会いたい。

会って話がしたい。

彼がアルファであることを変えられないように、私もオメガであることを変えられない。彼はオメガのヒートにあてられれば、どうしたって欲を感じずにはいられないし、私はアルファが恋しくて巣作りをしてしまうほどに本能に忠実。

変えられないことを嘆く必要はない。

征士郎さんは言ってくれた。『バース性は関係なく、惚れた女は木葉ひとり』だと。運命の番など関係なく、私たちは恋に落ちたのだ。

征士郎さんの帰国日は明日。明日の仕事が終わったら、征士郎さんに会いに行こう。

そう心に誓い、私は仕事をしていた。

「ちょっといい」

「はい、なんでしょう」

その日、新刊を並べていると、後ろから声をかけられた。振り向いてぎょっとした。そこには亜美さんがいたのだ。ショートパンツにラフなTシャツ、レースのカーディガンという格好で、仁王立ちをしている。それだけで迫力がある。

「顔、貸しなさい」

「はい……」

私は同僚に昼休憩のタイミングを代わってもらい、亜美さんについて職場を出たのだった。

「あの、亜美さん、その後お身体は大丈夫ですか？」

ビルを出て歩きながら、亜美さんの背中に声をかける。残暑厳しい昼下がり、どこかに入ったほうがいいだろうかと思案しながら。

「いいわけないでしょ。最悪よ。誘発剤なんて飲むんじゃなかった」

亜美さんは振り向かず、吐き捨てるように言った。

征士郎さんに迫ったとき、誘発剤を飲んでいたと彼は言っていたけれど、事実のようだ。ヒートを誘発する薬は処方薬以外にも出回っていて、危険ドラッグのように安全でない薬も多いらしい。

「胃を洗浄されて、過剰なヒート状態が治まるまで点滴に繋がれて、動けないように身体にネットまでかけられたのよ。本当に最悪」

亜美さんはどこか目的地があるというわけではなさそうだ。路地にある自動販売機でコーヒーをふたつ買い、ひとつを私に手渡してくる。そのままビルとビルの間の小さな緑地に入った。ベンチとハナミズキの木しかない場所だけれど、日陰になっていて多少は涼しい。亜美さんはベンチに腰かけた。私はその前に立つ。

「亜美さん、今日はどんな御用ですか？」

　私の問いに、亜美さんはふうと嘆息した。ショートパンツから覗く脚を何度か組み替え、迷ったような素振りを見せてから、低い声で言った。

「征士郎様は、私に何もしていないわよ」

「……はい」

　私の揺らがない視線に、ちっと短く舌打ちをしてそれから亜美さんは続ける。

「あの日は征士郎様と私が抱き合うところをあなたに見せつけてやろうと思っていたのに。あなたが来なくても確実に既成事実を作るつもりで準備していたのに。……まさか、征士郎様がオメガのヒートに抗うとは思わなかった」

　亜美さんはすがすがしいほどに自身の企みを暴露する。嘆息して、私をじろっと見た。

「あげく、私のやったことに気づいていながら『急にヒートを起こしただけで、事故だった。お互い何もなかったから不問としたい』と宗家たちに報告してくださった。二科家をかばってくださったのよ」

　この人は、私に事情を説明しに来たのだ。自分自身が起こした事件で、私と征士郎さんがこじれることがないように。

「悔しいけれど、私の負けだわ。征士郎様の花嫁は木葉さん、あなたよ」

亜美さんは忌々しそうに眉を寄せ、大きなため息をついてみせた。それから私をじろりと睨む。

「私はあなたが嫌いだから、謝らない。私のほうがずっとずっと長く征士郎様のことを好きだったんだもの。今でもあなたのことムカつくわ。憎いわよ。でもね、征士郎様が好きになった女だから仕方ない」

「亜美さん、ありがとう」

「勘違いするのはやめてよ。私は征士郎様の幸せを願っているだけ。生まれてから今日まで一族のために生きてこられた征士郎様に幸せになってほしいのよ。それだけ」

そう言った亜美さんの目からぽろんとひと粒涙が零れ落ちた。この人は本気で、征士郎さんを愛していたのだ。

だからきっと今、すごく苦しいだろう。花嫁に選ばれなかったこと、捨て身でアタックして駄目だったこと……。悔しくてたまらないはずだ。

それなのに、私のところへ来てくれた。無視して黙っていてもいいのに、征士郎さんの潔白を証明しに来てくれた。

高慢なお嬢様だと思っていたのに、心根の部分はまっすぐな人なのだ。

「亜美さん、ありがとうございます」

私は改めて、深く頭を下げた。

「征士郎さんは私が必ず幸せにします」

鼻をぐすっとすする音が聞こえ、顔を上げると、涙をぬぐいながら亜美さんが「生意気よ」と小声で文句を言った。


翌日、私は朝からそわそわと仕事についた。今日の業務が終わったら征士郎さんに会いに行こう。何時の便で到着するかは聞いていないけれど、仕事後の夜に行けば会えるのではなかろうか。

彼に対して気持ちを伝え、先日のことを謝りたい。亜美さんがわざわざ会いに来てくれたことも背中を押しているようだ。早く彼と話し合いたい。

午後、昼休憩のときにスマホをチェックする。征士郎さんからの連絡はない。こちらから連絡をすればいいのだろうけれど、距離を置きたいと言った手前、なんと送ったらいいかわからない。やはり、今夜直接会って話を……。

「八街さん、お客さんが来てるよ」

店長に声をかけられ、私は顔を上げた。昨日の亜美さんの件が浮かぶ。今度は誰だろうなどと、一瞬不安になりながら、バックヤードから店舗に出た。

そこに立っていたのは征士郎さんだった。

「木葉」

大きなチェーンとはいえごくごく普通の書店である私の職場に征士郎さんがいる。なんだか、すごく場違いというかなんというか。

いや、そんなことより十日ぶりくらいに会う征士郎さんの姿に胸が詰まった。

会いたかったと肌で感じる。

「休憩中すまなかった」

「征士郎さん、お仕事お疲れ様です。おかえりなさい」

「仕事を邪魔するつもりはなかった。今日はこれを買いに来たんだ」

征士郎さんの手には旅行用のガイド雑誌だ。国内の有名観光地や近県の温泉地のもの。旅慣れていない人用の初心者向けマップといった雑誌類を束で持っているので、私はその征士郎さんに不似合いすぎる光景に首をかしげてしまった。

「木葉と行きたいところを考えていた」

「出張中にですか」

「離れている間、ずっと考えていた。木葉が戻ってきたら、休みを取ってどこかに出かけようと。しかし、俺は仕事ばかりで楽しませる術を知らない。……勉強しようと思って」

言葉を選びながら、たどたどしく説明する征士郎さん。ものすごい人なのに、私の前にいる彼は不器用な等身大の男性だ。いつだって、私のために真摯であろうとしてくれる。

「征士郎さん、私、今夜帰ります」

「本当か」

「旅行、どこに行くか決めましょう」

私は泣きそうになるのをこらえて変な笑顔になってしまった。征士郎さんは綺麗な目を嬉しそうに細めて微笑んでいた。

仕事を上がり、家に戻ると両親に挨拶をして家を出た。元から今夜会いに行く予定だったけれど、そのまま九頭竜家に戻る、と。私と征士郎さんが仲たがいをしているのではと疑っていた母はほっとした様子だった。

家の前には運転手の桜井さんが迎えに来てくれていた。「坊ちゃんがお待ちですよ」という桜井さんの声もなんだか嬉しそうに聞こえる。

十日ぶりの九頭竜家。

門をぐぐり、私たちの新居へ向かう。玄関の戸を開け、もどかしく靴を脱ぎリビングに飛び込んだ。

ダイニングテーブル近くに立っていた征士郎さんが振り向く。言葉もなく腕を差し出され、私は征士郎さんの厚い胸に抱かれた。

「征士郎さん、ごめんなさい。私、嫉妬からひどいことを言いました」

征士郎さんは私の首筋に顔をうずめ、低い声で答える。

「いや、俺も同じだ。恵太におまえが自由を奪われたとき、俺は嫉妬したんだ」

私のフェロモンが恵太さんを刺激してしまったときだ。玄関で彼に突き飛ばされ、私は強制ヒートで抵抗すらできない状態だった。

「おまえは身体の自由を奪われていた。九頭竜アルファの力で押さえ込まれれば当然だ。それでも、俺は恵太に組み敷かれそうになっているおまえを見て正気でいるのが精一杯だった。……わかっていたはずなのに、結果として俺はおまえに似たようなシーンを見せてしまった」

「私たちはアルファとオメガの鎖から抜け出せないのかもしれません」

私は彼の胸に手を添え、その顔を見上げた。

「それでも、私は征士郎さんとバース性以外で繋がっていると信じます。揺らがない。揺らぎたくない。自分のオメガだって、もう怖くはない」

逃れられない性差があっても、私と征士郎さんには心がある。恋を知り、愛を伝えた心がある。私たちは大丈夫、きっとすべてを超えていける。だから……。

「征士郎さん、番になりましょう」

征士郎さんが私を静かに凪《な》いだ瞳で見つめる。

「オメガにとって生涯ただひとりの相手だ。俺を選んでくれるか」

「征士郎さんじゃなきゃ、駄目なんです」

互いの身体を引き寄せ合い、強く抱きしめ合う。交わすキスは深くなり、身体が熱くなっていく。

「ヒートを起こさせる。不安なら、俺につかまっていろ」

「恥ずかしいことを言ってしまいそうです」

「俺しか聞いていないし、俺にしか聞かせなくていい」

そう言って何度も口づけてくる。征士郎さんの匂いで頭の芯がくらくらする。そうして視界がにじむような感覚がした。

熱く火照る身体、弾む息。私は彼の背にすがりつき、ねだるように唇を開き、より深みにキスを導いた。

何度愛を交わしただろう。行為の最中に征士郎さんがささやいたのを覚えている。

愛している、と。

そして首筋に感じた熱い痛み。やがてしびれるような感覚に変わり、甘い疼きに変化していった。

意識を手放した私が翌朝目覚めたときには、征士郎さんは私をかき抱くように眠っていた。そっと左手で触れてみると、左のうなじのあたりに指で触れてわかる程度の凹凸。血はもう出ていないけれど、それが噛み傷であることがわかった。

番になったのだ。

征士郎さんの番に。

自然と涙があふれて止まらなくなった。悲しいのではない。不安なのではない。ただただ嬉しくて幸せで涙が出る。

オメガだと言われ、不安なまま花嫁に選ばれてしまったとき、こんな幸福な瞬間を味わえるなどと想像もしていなかった。

「泣いているのか」

ハッと見れば、眠そうな目のまま私を見つめる征士郎さん。私は泣き笑いの顔で言った。

「嬉し泣きです」

「そうか」

「不思議な感覚です。身体も心も満たされていて、今日まで生きてきて一番幸せだと感じます」

「俺も同じように感じる。今まで霞《かすみ》がかかっていた世界が、急にクリアになったような感覚だ。番の契りとは、これほどお互いを充足させるものなのだな」

私の前髪を指先でのけ、額にキスをくれる征士郎さん。それから労るように首筋の傷を撫でた。

「綺麗な首に痕を残してしまうことを申し訳なく思う」

「あなたの妻になった証だからいいんです」

私は嬉し涙をぬぐって、征士郎さんの唇にキスを返した。

愛しくて愛しくてたまらない。これほど多幸感に包まれる番という関係。私は何を怖がっていたのだろうとすら思えた。

「木葉と旅行の相談をしようとして忘れてしまった」

「朝ごはんを食べながら相談しましょうか」

「今日は一日時間を取れる。旅行の相談をして、それから」

征士郎さんがはにかんだように笑った。その顔はとても可愛らしかった。

「あの日、行き損ねたジェラートを食べに連れていってほしい」

「はい！」

私たちが永遠を誓った朝は、そんな幸せな朝だった。征士郎さんに出会えてよかった。オメガになってよかった。心からそう思えた。

七　絶対に守ります

私と征士郎さんは正式な番となり、このことは早々に一族、分家に周知された。アルファとオメガにとっては婚姻より重いのが番契約。これで私と征士郎さんの関係は、また一歩確実なものに近づいたといえる。

それからひと月半、十一月の日曜日に私たちは結納の儀を迎えた。

誓約の神事のときのように一族と分家の当主がずらりと居並ぶ中、執り行われた結納。決まった口上を述べ、結納の品の取り交わし。征士郎さんと当代から挨拶があって終わりだ。

そこからは応接の棟に場を移し、祝宴となる。結婚式はさらに盛大だそうで、九頭竜家の敷地内ではなく、九頭竜系列のホテルを貸し切って行うとのこと。

征士郎さんの妻として、祝宴の場では今まで話したことのない一族の人たちの挨拶を受けた。正式な番、そして妻となれば、私の立場も確立される。

「木葉、おいで」

ひと通り挨拶が済み、疲労を感じたところで、征士郎さんが私を連れ出してくれる。

平屋の横の整備された日本庭園をふたりで歩いた。九頭竜家の敷地とはいえ、このあたりは普段歩いたりしない。

「いいんですか？」

一応主役のふたりなのだ。勝手に抜け出してもいいのだろうか。

「親父と祖父さんが張り切っているからいい。木葉のご両親も楽しそうにしていたしな」

「うちの母はこういった会が初めてなので、すごく興奮していましたねえ」

結納のために取りそろえた振袖は、慣れないものだから裾さばきが難しい。草履も歩きづらい。征士郎さんが手を引いてくれる。

「征士郎さん、手なんか繋いで。応接棟からこの庭園が見えるからでしょう」

集まった九頭竜関係者たちに、私たちの仲睦まじさを見せつけるのが目的だ。夫婦仲のよさをアピールして、亜美さんのような企みを持つ人間を減らそうということだろうか。また、宗家や先代へのアピールもあるかもしれない。

「印象付けということもあるが、俺が純粋に木葉と手を繋ぎたい」

「可愛いことを言って」

「木葉はよく俺を可愛い可愛いと言うが、俺にそんなことを言う人間はいないぞ」

確かに私は征士郎さんを可愛いと言う。最初の頃は心で思うだけだったけれど、気持ちが通じてからは言葉にしてしまう。だって、天然なところも忠犬みたいに熱心なところも胸がキュンとしてしまうんだもの。

「私には可愛くて仕方ないんです、九頭竜征士郎さんは。格好いいのと同じくらい、可愛い人です」

「俺は可愛いのか……」

征士郎さんが大真面目で頷くので笑ってしまった。そういうところです、と心の中で思う。

「木葉、言おうと思っていたことがあるんだが」

「なんですか」

「おまえの香り、変化があるように思う。蜜のように甘いのは変わらないが、蠱惑的《こわくてき》というより安心するような優しい香りになっている」

それはオメガのフェロモンということだろうか。他のオメガや番のアルファの香りはわかるけれど、自分のフェロモンはあまり実感できない。番になった影響で香りが変わったのだろうか。

「征士郎さんと番の契りを結んで、落ち着いたようですけど。お医者さんからもパートナーにしかわからない程度に抑えられていると言われてますし」

「だから、気づいたのは俺だけだろう。しかし、香りが変わったのはごく最近だ。フェロモンが大きく変化するようなこと……」

征士郎さんは考えるように頷き、それから私を見下ろした。

「妊娠という可能性はないか」

私は数瞬言葉をなくして、彼を凝視する。頬が熱くなっていくのを感じた。

「赤ちゃん、ああ、そっか……そっかあ」

「木葉、どうなんだ」

「可能性、あるかもしれません」

私は彼を見つめ答えた。確かに月のものは遅れている。そして先月起こったヒートの際に、私たちは夫婦生活をしている。

心臓がドキドキし始めた。私の中に命が宿っている？

「結納の後、すぐに医師の診察を受けに行こう」

「いいんですか。当代たちと会合があるのでは」

「どっちが大事だと思っている」

征士郎さんは興奮を抑えるように声を低くし、落ち着こうと努めているようだ。だけど、私も征士郎さんももう結納の祝宴どころではなかった。

医師に連絡を取り、私たちはその日中に病院へ向かった。九頭竜お抱えの医師の元だ。

「妊娠していますね。おめでとうございます」

手渡された超音波写真を見て、私と征士郎さんは顔を見合わせた。征士郎さんは目を見開き、今にも叫び出しそうな顔をしている。

「ここからは産科医と連携しながら、出産までサポートしますからね」

医師の言葉に頷き、自身のお腹を撫でた。征士郎さんと私の赤ちゃんだ。まだ信じられないくらい実感がないけれど、赤ちゃんは確かにここにいるのだ。

「バース性がわかるのは生後の検査で、確定するのが二次性徴期の検査。でも、この病院には胎児期に検査する設備があるんですよ」

医師が征士郎さんを見た。

「安定期に入ってからの検査で、木葉さんにも胎児にもリスクはありません。……九頭竜家としては検査する方針ですね」

その言葉に私は、この子がすでにバース性によって分類されようとしている事実に気づいた。当たり前だ。この子は九頭竜の直系。性別もそうだが、まずはアルファであるかそうでないかで見られる。

「宗家と先代、一族の上の方々は気にするでしょう。木葉と赤ん坊にリスクがないなら頼みます」

征士郎さんが答え、私のほうを見る。

「それでいいな、木葉」

私はこくりと頷き、それ以上は発しなかった。嬉しい気持ちは変わっていない。だけど、この子の存在はすでに九頭竜家に注目されるものなのだ。そう考えると、背筋がさっと冷たくなった。

「木葉さん、出産まで抑制剤はやめておこう。現在二ヶ月目の終わり。つわりの症状がつらいときは遠慮せずに来てください。次の健診は来月にしましょう」

医師に礼を言い、診察室を出た。日曜の夜、外来の廊下はしんと静まり返っている。最低限の電気だけの薄暗い廊下で、征士郎さんが私を見た。

「木葉」

「はい」

「赤ん坊だ。俺たちの」

その嬉しくてしょうがないという歓喜の表情に、私は目を細めた。

「喜んでくれますか?」

「当たり前だろう。木葉のお腹に俺の子がいる。こんなに嬉しいことはない」

征士郎さんが私を力強く抱き寄せ、それから慌ててその腕を緩めた。赤ちゃんを気遣ったらしい。

「今、二ヶ月なら結婚式の頃はもうお腹が大きいな。着物や帯の調整は充分間に合うだろうが、木葉の体調が万全か心配だ」

「妊娠後期だから、なってみないとわからないですね」

「赤ん坊は七月に出てくるのか。信じられない。来年の今頃、俺たちはもう父親と母親なんだな」

征士郎さんの興奮した様子に、心のもやが晴れた。そうだ。私たちの赤ちゃんが生まれる。まずはそのことを喜ぶべきだ。

「征士郎さん、私たちはもうパパとママなんですよ。赤ちゃん、ここにいるんですから」

「ああ……そうだ。その通りだ」

征士郎さんが感極まった声で言い、私のお腹を優しく撫でた。

この子は九頭竜の直系。だけど、私と征士郎さんの子ども。この喜びは私たちのものでいい。

帰宅し、その足で母屋の宗家と先代に報告に行った。

事前に連絡を入れていたのと、結納の直後ということもあり、ふたりとはすぐに面会できた。母屋の和室で向かい合う。今は一族の上層部の人たちはいない。家族内の報告だし、まだ安定期に入ってもいないのだ。ちょうどいいだろう。

「赤ん坊とはなんとめでたい。木葉嬢、でかした！」

先代は上機嫌で私たちを迎えた。宗家もにこにこと笑顔だ。

「番の契りから早々に授かったというのは、ふたりの相性のよさもあるが、次代宗家としての力の誇示にもなる。征士郎もよくやったぞ」

想像したよりも温かな反応、いやかなり喜んでもらえている。私はほっとし、肩の力が抜けるような感覚だった。やはり宗家も先代も、孫、曾孫《ひまご》が生まれるのは嬉しいのだろう。

「男子が宗家を継ぐのが決まりだからね。男子が喜ばしいが、これればかりはわからないからね。女子でもいいさ、アルファなら」

その言葉に私は冷や水をかけられたような気分になった。

アルファなら。やはり九頭竜ではバース性が何より優先されることなのだ。男子女子よりもアルファかそうでないか。

私の顔色が変わったのを見たのか宗家が微笑んだ。慈愛深い目なのに、私は射貫かれるような感覚を抱いた。

「木葉さんのお腹の子、アルファかは確証が持てないね」

「宗家、俺の子を孕んだのだから木葉はオメガです。オメガは高確率でアルファを産む」

征士郎さんの言葉に、宗家は微笑んだまま返した。

「木葉さんは特例のオメガだからね。アルファを産む能力については、確実ではないというのが九頭竜家の考えだ」

やはり不安視されているのだ。番の契りを結んでなお。

先代が隣で言い添える。

「征士郎、おまえも知っての通り、九頭竜はアルファかオメガとでないと子が生せない。正確には、アルファでないと腹の中で育たないんだよ。生まれてこられない。九頭竜の一族の直系に近いほど、この傾向は顕著だな。だから一族の末席のほうじゃ、多少ベータも生まれている」

わかるか、と前置きして先代はにっと笑った。

「九頭竜は呪われてんだよ。ありがたい未来視の力と引き換えに。だから、木葉嬢の子がベータやオメガならどの道、生まれちゃこられない」

呪い。そんなものが存在するのかわからない。しかし、機を見るに敏な性質を未来視の能力として代々あがめてきた九頭竜一族にとって、アルファにあらずば一族にあらずというのは根深い思想なのだ。

「木葉さんは特殊だ。アルファはもちろん、ベータやオメガもすんなり出産できる可能性がある。しかし、アルファでなければ九頭竜の直系とはいえないんだ。征士郎、木葉さん、そのときはどうか考えてほしい」

宗家が笑顔のまま、宣告した。

「木葉さん、お腹の子がベータかオメガなら、産後手放すことを考えてくれ。九頭竜宗家の妻として、きみの立場は保障するから」

手放す？　この子を？

呆然として口もきけなくなっている私を一瞥し、それから宗家は征士郎さんに言った。

「征士郎は先日会った分家のオメガの誰かと早急に子を作れ。その子を木葉さんの実子とすればいい」

愛人を持てということだ。私よりアルファを産む可能性の高い女性と、子を生せという命令。征士郎さんの遺伝子をアルファとして次に残す最適な手段だ。

私は産んだ子を手放し、征士郎さんが他のオメガと子を生すのを容認しなければならない。

「何を考えている……」

征士郎さんが震える声で言った。ハッとして見やれば、征士郎さんの横顔は怒りに燃えていた。

「俺たちの子を手放せだと？　アルファじゃなければ死ぬと脅して、さらに生まれても取り上げるというのか。俺と木葉の子だぞ」

普段は宗家と先代に礼を尽くした態度を取っている彼が、激高のあまり言葉を選ぶ余裕もない。今にもふたりに飛びかかりそうな征士郎さんを、私が押さえようか迷った。そのくらいの怒気を感じた。

「そして愛人を持てだと？　木葉と番っている俺に、子どもを産むだけのオメガをあてがうというのか。分家のオメガをなんだと思っている！」

「すべては九頭竜の一族を絶やさぬため。未来視の力を先に繋ぐためだ」

宗家の言葉は重く響いたが、征士郎さんは嘲笑とともに怒鳴る。

「そんなあるかないかの能力のために、木葉と赤ん坊を踏みつけにするというのか！　俺は許さない！」

「同じことを、来週の一族会で言えるならいいさ」

宗家は最後まで穏やかな笑顔だった。まるで勝利を確信しているかのよう。

「おまえは九頭竜の頭領になる男だ。幼い頃からそう育てた。簡単に責任を放棄できるとは思わないよ」


母屋から私たちの家までは少し歩く。

すでに夜も遅い時刻だ。結納からノンストップだった。夕食など何も考えていなかったけれど、おそらく家には母屋から運んでもらったものがあるだろう。

征士郎さんと夕食にしよう。

食欲はないけれど、ごはんを食べなきゃ。

だって、私ひとりの身体じゃないんだもの。

そこまで考えて涙があふれてきた。歩きながらぼろぼろと止まらない。

ずっと無言だった征士郎さんが私を見やり、足を止めた。私たちの家は目の前。だけど、もう足が動かない。私はその場にしゃがみ込み嗚咽《おえつ》した。

「木葉」

征士郎さんが私の横に膝をつき、抱き寄せてくれる。砂利の上で申し訳ないと思うのに、涙が止まらず身体が震えてどうにもならない。

「この子……死んでしまうのでしょうか」

「わからない。でも信じなくていい。アルファでなければ生まれてこられないというのがどこまで本当か、データがあるわけじゃないんだ」

「ア、アルファじゃなければ……、この子は………！　生まれても取り上げられてしまうのでしょうか？」

養子に出されてしまうのだろうか。私たちの手の届かないところへ連れていかれてしまうのだろうか。私と征士郎さんの赤ちゃんなのに。

誓約の神事で決まった征士郎さんと私の夫婦関係を崩す気は、宗家も先代もないのだろう。それ即ち、九頭竜の威信に関わる。

しかし、征士郎さんの遺伝子を継ぐアルファは必要。そのためなら、なんでもするつもりなのだ。

私の子を遠ざけ、愛人の子を嫡男とさせることだって、当たり前の対処である。

「そんな暴挙を俺が許すと思うか？」

征士郎さんが苦しげに言う。

「俺と木葉の子だ。親父も祖父さんも馬鹿なことを。孫と曾孫が生まれるのを喜べないなんておかしい。九頭竜の純血思想は、常軌を逸している」

だけど、私の脳裏には宗家の笑顔が浮かぶ。宗家は穏やかな笑顔で言った。征士郎さんは九頭竜の頭領になる男だと、責任を放棄できないと。

「征士郎さん、母屋でのお話を聞いてからずっと考えていました」

私は涙をぬぐい、彼を見上げた。この短い時間で、妊娠の喜びは先の不安に上書きされている。だけど、私はこの子を守らなければならない。

「私は征士郎さんが誰より大事です。九頭竜家の嫁として、あなたの隣で生きていこうと思っていました」

「木葉」

「だけど、私はお腹に宿っている命が大事です。あなたとの赤ちゃんをもう愛しています。この子の母親は私だけだから、私が守らなければならない。無事に生まれてくるかもわからない命だけど、私にできることは全部したい」

唇を結び、私は涙を呑み込んだ。それから、征士郎さんを見つめ宣言する。

「あなたを愛しています。私の生涯ただひとりの番。だけど征士郎さん、この子が望まれたアルファではなく、宗家がこの子を取り上げると言うなら、私はこの子と九頭竜家を出ます」

征士郎さんが私の身体を強く抱きしめる。感情が爆発して、力の加減など考えられないようだった。苦しいけれど、愛を感じる抱擁に、新たな涙があふれてきた。

「そのときは俺も一緒だ。おまえと子どもだけで行かせるものか」

「あなたは九頭竜の宗家になる人でしょう。駄目です」

「大事なものを守れないで何が宗家だ。何がアルファだ。俺は木葉と子どもと三人で生きていく」

そんなこと許されるはずがない。強大な九頭竜一族が許すはずがない。征士郎さんひとりで立ち向かうには、一族はあまりに力がありすぎる。

「兄さん」

声が聞こえ、私はそちらに首を巡らす。そこに立っていたのは恵太さんだった。征士郎さんが厳しい目を向ける。

「何をしに来た」

「悪い。母屋での話、聞いてた。それで会いに来た」

今日の結納も出席しなかった恵太さんがそこにいる。決まりが悪そうにうつむき、それから顔を上げた。

「駆け落ちは最後の手段にしてほしい。兄さん、あんたは次代宗家だ。あんたがうらやましかったけど、やっぱり俺は宗家が務まる器じゃない。俺は兄さんを支える立場にありたい」

「恵太。おまえ」

「俺が分家の誰かと結婚すればいいだろ。そして、アルファの子どもを産んでもらう。俺だって直系だからなんの問題もない。その子を養子にすれば、少なくとも兄さんは愛人を作らなくてもいい。愛人待遇の不幸なオメガも生まれない」

恵太さんは悔しそうに顔を歪め、付け足すように言った。

「そもそも、九頭竜の血を残すことに、親父たちは固執しすぎてる。そっちのほうが〝呪い〟だろ」

九頭竜の血を引くアルファを生すことだけが重要視され、個人の気持ちは蔑ろにされる。アルファに執着する心こそが呪いであるという考えは言い得て妙なのかもしれない。

「木葉ちゃんは、俺の顔なんか見たくないかもしれない。本当に申し訳ないことをしたのは俺だから。でも、きみが産む子は俺にとっても甥《おい》か姪《めい》だ。九頭竜からも他の何からも守るよ。そんな償いしかできない」

「恵太さん、ありがとう」

私は恵太さんに向き直る。彼は私たちに会いに来るのにきっと勇気がいったに違いない。

「あなたの心を暴走させたのは私のフェロモンです。それなのに、恨みにも思わないで、こうして駆けつけてくれてありがとう」

「いや、全部俺の弱さだよ。昔から完璧だった兄さんに憧れてた。でも、俺が認められないのは、死んだ母さんを否定されてるみたいだった。母さんがどれほど親父を好きだったか、三野家の祖父母から聞いてたからさ」

恵太さんは、征士郎さんとは違うアーモンド形の大きな目を伏せる。沈痛な表情が、自嘲的なさみしい笑顔に変わっていく。

「兄さんに勝てないって、年を経るごとにわかってしまうのがつらかった。だから九頭竜家も、木葉ちゃんと兄さんも傷つけたくなったんだ。本当にごめん」

恵太さんは私たちに改めて頭を下げ、征士郎さんを見た。

「兄さん、来週の一族会、俺も参加する。何かできることはあるか」

「ああ、おまえが力を貸してくれるなら、頼みたい」

そう言った征士郎さんの顔には、悲嘆はもうない。生気がみなぎっているように見えた。

「菱岡も呼ぶ。考えていることがある。木葉はまず休んでくれ。お腹の子もきっと疲れているだろう」

私は征士郎さんの腕の中でおとなしく頷いた。

征士郎さんは何をするつもりなのだろう。


一週間、どうしても不安な気持ちは消えなかった。まずは、お腹の赤ちゃんが無事に育っているか。アルファでなければ生まれてくる前に死んでしまうという話が事実なのかはわからない。実際にそういったこともあったのだろうけれど、征士郎さんの言う通りデータ化された情報ではない以上信じなくてもいいのかもしれない。

それでも、ただでさえまだ胎動もわからず、安定期にも入っていない小さな赤ちゃんの安否は、私の一番の心配事だった。

そして征士郎さんは、一族会でどんな話をするつもりなのだろう。

私と駆け落ちまで考えてくれていたと知って嬉しかった。だけど、それではいけない。彼は九頭竜家を継ぐために生きてきた。決められたレールだったかもしれないけれど、少なくとも征士郎さんは今、宗家になるために生きている。彼の人生そのものである生き方を、私のために変えさせるのは憚《はばか》られた。

そして一族の上層部も、次代宗家が一族を出るとなれば黙っていないだろう。穏便にはいかないかもしれない。だけど、どうか皆が納得できる落としどころが見つかればいい。

一族会当日、私も同席を求められ、征士郎さんとともに神殿に向かった。

征士郎さん曰く、宗家たちはこの一族会の場で私と征士郎さんの言質を取るつもりらしい。

子どもがアルファでなかった場合は九頭竜の嫡子とはしないという点、また征士郎さんがオメガの愛人を持ちアルファを生すことに努めるという点。要はこの二点を誓わせたいのだ。

「木葉、心配しなくていい」

神殿に向かう道、征士郎さんが言う。

「おまえも発言を求められるだろうが、好きなことを言え。俺が責任を取る」

「いいんですか？　私、本当に言っちゃいますよ」

「木葉は出会った当初から、割と言いたいことを言っているほうだ。俺はそういうところも好ましいと思っている。今日も遠慮は不要だ」

頼もしい笑顔に、私は思い切り頷いた。お腹を触る。絶対に守るから、パパとママを見ていてね。

ずらりと居並ぶ一族の面々を前に、私と征士郎さんは祭壇に向かって右側の位置に座した。向かいに宗家と先代、そしてご意見番の五人がいる。

「そろったね。今日は私から話しましょう」

口火を切ったのは宗家だ。

「まず報告があります。次代宗家・征士郎とその妻・木葉に子ができました」

宗家はにこやかな笑顔と穏やかな話し口調で言う。おお、という一族のどよめきと注がれる視線。

私はごくりと息を呑んだ。

「しかし、木葉はオメガとしては特殊な成人後の転化者。子ができても、無事に生まれるか、その子がアルファかは現時点未知数。一方で彼女は誓約で決まった大切な花嫁です。征士郎とも深く愛し合っており、愛し合うふたりを裂くのは本意ではないのです」

宗家が私たちを見る。やはり気味が悪いほどの笑顔だった。

「そこで、今日は一族の皆に理解をいただきたい。木葉の産んだ子がアルファでないなら、すべてを秘して一族の外へ養子に出します。そして征士郎は分家のオメガと子を生し、その子を嫡子として迎え入れます」

神殿はしんと静まり返っていた。ざわめくことも宗家への反意に繋がる。宗家が私に向かって語りかけた。

「木葉、おまえは理解しているね」

その瞬間、私は全身が鉛のように重たく感じた。胸に石を載せられているみたい。それがアルファのプレッシャーなのだと気づく。分家のオメガには、到底はねのけられない圧力だ。

どうしよう。このまま意見を言えないでいたら、彼らの思うつぼだ。

すると、私の背を征士郎さんが撫でた。大きな手が何度も私の背をさする。その感触に、金縛り状態だった身体が徐々に緩み、自由になっていく。

「木葉」

征士郎さんのささやく声。私は完全に勇気と力を取り戻した。

「申し上げます」

声が出た。息は胸いっぱいに吸えるし、脈拍も正常。私は自分の気持ちを正直に言える。

「宗家のお考えを私は拒否します」

これには一族からどよめきが起こった。かまわず話し続ける。

「子がアルファでなければ九頭竜家の宗家を継げないというのはまだ理解できます。ですがアルファでないから、私と征士郎さんから遠ざけるというのはおかしな話です。さらには、征士郎さんが私以外のオメガと子を生すなど、相手に選ばれたオメガの人生を台無しにします。アルファでなければ、この九頭竜ではなんの権利もないどころか、踏みつけられても文句は言えないというのでしょうか」

征士郎さんが隣にいる。それだけで力が湧いてくる。私はこの一族の頂点に立つ人の番。この人を支えるために生まれてきた。

アルファとオメガの因縁を皮肉に思ったこともあったけれど、いつだって征士郎さんは私に真摯だった。私たちは出会うべくして出会って、それが九頭竜のしきたりだったのだから感謝はしている。

それでも私の大事なものを守るため、すべてに従うわけにはいかない。

「選民思想は一族を衰退させます。私は、オメガとして九頭竜の子を産みますが、この子をバース性で区別する気はありません。どんな子でも平等に、この手で育てます」

言い切るとさすがに手が震えていた。征士郎さんが「よく言った」とささやいた。

どよめく神殿内で、一際大きな哄笑《こうしょう》が聞こえ、それは先代の声だった。

「征士郎、花嫁の口上は聞いたぞ。おまえからは何かないのか」

「問題点は妻がすべて言ってくれました」

そう言い、征士郎さんが立ち上がった。すると、神殿の入口が開き、そこから恵太さんが菱岡さんを従え入ってくる。神殿内のどよめきが大きくなる。

征士郎さんが不敵に笑った。

「俺は結婚と同時に九頭竜の宗家を継ぐ。そのタイミングでナイングループから離脱します」

「どういうことだい、征士郎」

宗家がまだ余裕を持った笑顔で尋ねる。

「九頭竜が運営する企業がナイングループ。九頭竜がナイングループを放棄するということですよ。一族と会社を切り離します。俺の持ち株はそちらに売りましょう。俺は恵太とともに、また俺についてきてくれる者と新しい企業を作ります」

「兄さんと俺についてくると一筆書いてくれた人たちのリストです」

恵太さんがデータの束を見せる。先代が笑って尋ねた。

「恵太、おまえ兄貴につくのか。おまえら不仲なんじゃなかったのか？」

「祖父さん、俺は最初から兄さんの味方だ。不仲に見えたなら、それは九頭竜のシステムのせいだ。俺と兄さんで九頭竜を変える」

宗家の顔から余裕は消えていた。笑みは凍りつき、冷たい表情に変わっている。

九頭竜とナイングループを切り離す。それは、九頭竜からすれば大きな資金源を失うこととなる。しかし、ナイングループはもっと大きな打撃だ。九頭竜の名を冠して商売してきたものが、すべて失われるのだから。

そして、征士郎さんはおそらく打てる限りの手を打つだろう。新事業において九頭竜の名を使うことはもちろん、すべてにおいてナイングループに取って代わる算段だ。

征士郎さんは傲然と微笑んだ。

「九頭竜宗家の代替わりは政財界のビッグニュースです。今更、あなたたちが宗家を譲らないと言っても無駄。俺を廃嫡にすれば、動く連中もいる。俺を九頭竜のトップにしたい人間が、今の日本には多くいますからね」

「たかだか二十五の若造に何ができるというんだ」

宗家の言葉はどこか弱々しく響いた。威勢の衰えは一族の誰の目にも明らかだっただろう。

征士郎さんが腕を組み、微笑む。それは雄々しい群れの頂点の姿をしていた。

「俺が望めば、誰もがすべてを差し出す。九頭竜の宗家とはそういう存在でしょう」

群れのアルファが変わる。アルファの頂点が変わる。

神殿に集まったすべての人間が、征士郎さんに気圧され、言葉を失っていた。

ようやく口を開いたのは先代だった。

「征士郎、……まだ儂と征頼は交渉のテーブルにつけるんだよなァ」

征士郎さんがにっこりと微笑み、答えた。

「ええ、宗家と先代は賢明であり、俺の尊敬すべき人たちであったはずです。その良心を取り戻してくれるというのなら」

場の支配者は征士郎さんで、誰もがもう彼の勝利を確信していた。私は拳を握り、行く末をじっと見守っていた。

その日の一族会はそれで終了となった。

私が家で待つ間、征士郎さんと恵太さんが宗家たちと話し合いの場を設けた。征士郎さんの要求はシンプル。今後、私との婚姻に関するすべてについて口出しをしないことである。

これは私を守るためでありながら、今後の本家と分家の在り方にも関わる約束になるだろう。

九頭竜の後継者についても、宗家たちは口出しできなくなる。私の産む子はバース性にかかわらず、次の宗家になる可能性があるのだ。そうなれば九頭竜のアルファ支配とオメガを差し出す分家という構図が崩れるだろう。

「九頭竜家は確かにアルファの一族だが、それを理由にアルファを重用しすぎている。一族内においても、ナイングループにおいても。分家筋を重用せず、あくまで花嫁を出す一族集団としているのも差別的で従属的だ。こういった姿勢は変えていくべきだと、以前から考えていた」

「いいきっかけだったわけだ、兄さん的には」

私たちの家には、征士郎さんの帰宅と同時に恵太さんと菱岡さんが来ていた。

宗家たちが条件を受け入れることで、九頭竜とナイングループの分離は白紙に戻った格好だ。

おそらく征士郎さんは離脱に向け万全の準備はしていたけれど、最終的に宗家たちが従いこうした結果になるのも見越していただろう。

「ナイングループ内で俺を支持する役職者はもとより把握済みだったが、流動的だった層の取り込みは恵太と菱岡のおかげだ」

「征士郎様のご人望とは思いますが、正直に言えば一週間ありましたのが幸いでした。明日と言われたら間に合いませんでしたね」

菱岡さんがふうと息をつき、恵太さんが付け足す。

「俺は菱岡の手伝いをしただけだよ。でも、兄さんが大学時代からナイングループ内で支持を集め、自分が宗家に就くときの下準備をしていたとは知らなかった。やっぱり俺とは器が違うよ」

それは私も初耳だけれど、征士郎さんらしい。徹底的に九頭竜のために生きているからこそ、一族の在り方に疑問を持っていた彼だ。いつか宗家と対立する可能性も考えていたのだ。

征士郎さんはようやく笑みを見せて、恵太さんに言う。

「恵太には、大学生活を楽しんでもらいたいからな。だが、春には四年生だろう。卒論が終わったら、徐々に俺のほうを手伝い始めてくれ」

「わかったよ、兄さん」

兄弟が普通に会話しているのを見ると、ほっと胸を撫で下ろしたくなった。色々あったし、今回の件もどうなることかと思ったけれど、結果として征士郎さんには一番いい目が出たように思う。

「それにしても、今日の木葉ちゃんの啖呵《たんか》がよかったね。よく、親父たち相手にひるまずに言えたよ」

恵太さんに言われ、私は照れくさく頷いた。

「征士郎さんのおかげです。背中をさすってもらったら、勇気が湧いてきました」

あの場を見て、感じたことがある。

もともとアルファとは狼《おおかみ》の群れにおける上位個体を指す言葉である。そしてあの瞬間、征士郎さんは宗家にアルファとして上回ったのだ。だからこそ、征士郎さんの影響下にある私は宗家の圧にひるまずに済んだのだろう。

「木葉は芯のある女だから。さすが俺の妻だ」

「征士郎さんがいてくれたからですよ」

「はいはい、俺たちはそろそろ退散しますから、あとはおふたりでどうぞ」

恵太さんがあきれた様子で立ち上がり、菱岡さんもそれに倣う。

「恵太さん、菱岡さん、本当にありがとうございます」

私が頭を下げると、恵太さんが笑った。

「兄さんの番になった木葉ちゃん、全然そそらなくなっちゃったなあ。残念。俺は俺で、番を見つけなきゃ」

婚姻について口出しされなくなれば、恵太さんは九頭竜や分家以外から相手を選ぶこともできるようになるだろう。それが彼にとっての幸福であるよう願わずにいられない。ずっと九頭竜にとらわれて生きてきたのだから。

「そう思うなら、いい加減〝木葉ちゃん〟じゃなくて〝義姉さん〟と呼べ。なれなれしいぞ、恵太」

征士郎さんがずいっと私たちの間に挟まってくる。可愛い嫉妬に私は噴き出し、恵太さんが「男の嫉妬は醜いぞ～」と笑っていた。

ふたりが帰っていき、私たちはようやくふたりきりになった。

長い一日だったように感じる。いや、結納の日からずっと緊張感が消えなかった。

やっと力が抜ける。

「征士郎さん、お疲れ様でした。征士郎さんの考えの通りに運びましたか？」

「ああ。だが、しきたりの多い一族だ。婚姻や後継についても、俺一代ですべて変革するのは難しいかもしれない。形骸化しているルールや、理不尽な因習はなくしていくべきだろう」

「征士郎さん、昨日、もう一度病院に行ってきました。お腹の子、ちゃんと育っているか心配で」

私は征士郎さんを見つめる。この瞬間まで黙っていたことがあるのだ。

「それで、わかったんですが、……落ち着いたら言おうと思っていまして」

「なんだ?」

「赤ちゃん、双子だそうです。前回より超音波がはっきり見えて、小さな胎嚢《たいのう》がふたつ見えました」

私はポケットにお守りのように入れていた超音波写真を差し出す。そこには小さな命がふたつ写っていた。前回は胎嚢がわからないくらい小さく、角度の関係でふたつ写らなかったようだ。

征士郎さんが目を見開いた。

「ふたりとも大きく育ってくれるかわかりません。でも、生まれてからの環境は征士郎さんが整えてくれた。だから私、この子たちを守り抜いて産んでみせます」

征士郎さんの目に涙が光るのが見えた。あ、と思う間に抱き寄せられ、涙の行方はわからずじまい。

「ありがとう。俺は自分の仕事、するべきことに、今大きな意味を感じた。すべては木葉と生まれてくる子の未来のため。俺は幸せだ」

征士郎さんに抱き寄せられ、私は細めた目から涙がこぼれるのを感じた。私もあなたと同じくらい幸せ。そう思った。

八　オメガの心

十二月に入り、征士郎さんの海外での仕事が一段落ついた。同居以来、国内とアジアの某国を行ったり来たりしていた彼は、結納に一族の問題にと別の意味でも多忙だった。

通常の人なら忙しい十二月も、そんな彼からすればかなり落ち着いた時期といえる。

お腹の赤ちゃんたちは三ヶ月の真ん中を過ぎた。

私はつわりに苦しんでいる。活動はできるものの、ずっと船酔いのような状態で楽な時間がほとんどない。これでも少し落ち着いたほうなので、こうして少しずつ症状が治まっていくようにと願っている。

赤ちゃんについては、頻繁に健診に行くようにしている。そして、安定期に入ったらふたりともバース性検査を受ける予定だ。

これは宗家たちが望むようなアルファ優先の思考からではない。九頭竜の血族においても、アルファ以外の子は生まれづらいと先代から言われたのが理由。

お世話になっている九頭竜家の医師からは、『なんとも言えない』という回答が返ってきた。古い時代はわからないけれど、征士郎さんのお母さんも、恵太さんのお母さんも流産を経験されているのは確かなようだ。

そういった懸念もあり、征士郎さんと相談の上、子どもたちのバース検査を受けるつもりでいる。

征士郎さんは『九頭竜の純血思想を放棄し、未来視の力などにこだわらず広く外と交わっていけばそんな呪いじみた因縁はいずれ消える』と言っている。私もそう祈りたい。バース性によって生まれることができない赤ちゃんがいるなんてつらいもの。

九頭竜家は征士郎さんの代でやはり大きく変革を迎えるのだろう。私とこの子たちがその一助になればいいと思う。


「木葉、こっちも食べたい」

征士郎さんが指さすパンを私はトングでトレーに取る。

「あとはどれが食べたいんですか？」

「こっちは木葉と半分にして食べたい」

「いいですよ」

休日の今日、私と征士郎さんはお気に入りのパン屋に来ている。私の体調が少し回復していているのと、なぜかパンだけは美味しく食べられるからなのだ。つわりが始まって約三週間、パンばかり食べている。

出会ったばかりの頃一緒に行ったベーカリーに、征士郎さんが行きたいと言うのでやってきた。この後はふたりで公園に行き、温かなカフェインレスコーヒーをお供にランチをする予定だ。

「私の体調がもう少しよければ、他にも行きたいパン屋さんがあったんですけど」

パンの袋を手にお店から出る。征士郎さんが首を振った。

「それは木葉のつわりが治まってからだ。歩くのは妊婦の健康にいいそうだし、俺もできるだけ散歩に付き合う」

優しい言葉に思わずにっこりしてしまう。

私とお腹の赤ちゃんたちのために闘おうとしてくれた征士郎さんは格好いいけれど、彼の本質は常日頃からのこの優しさだと思う。

九頭竜のためだけに生きてきた彼は、本人曰く無趣味で、ものを知らないそうだ。だから、今は私と赤ちゃんたちが彼の趣味のようなもの。私たちのために時間を使うのを心から楽しんでくれている。

人によっては彼のような愛情を重たく感じるかもしれない。だけど、こうして私の隣に寄り添って幸せそうに過ごしてくれる征士郎さんは得がたい人だ。こんな人と愛し愛される番になれて嬉しい。

私がオメガになったのは、きっと征士郎さんに出会うためだったのだ。今なら自然とそう思える。

代々木公園に向かう道は街場なので人が多い。ふと、向かいから歩いてくる人に視線がいった。一瞬誰なのか測りかねてじっと注視してしまうと、彼女も私を見つめ、近づいてきた。

「征士郎様、木葉さん、ごきげんよう」

私たちの前に現れたのは一橋家の由佳子さんだ。ダッフルコートにローファー。コートの裾から見えるのは制服のスカートだろうか。長い茶の髪はさらさらと背に流してある。

確か高校一年生だったはずの、征士郎さんの元花嫁候補。

「一橋由佳子、奇遇だな。供もつけずにいいのか」

「征士郎様、私だっていつもばあやと一緒というわけじゃありませんのよ。今日はクラスの茶話会の準備で買い出しだったんですが、私は筆を見たくて友人と別れたところです」

「そうか、日本画を描くのだったな、由佳子は」

「趣味程度ですけれど」

由佳子さんは近くで見れば見るほど愛らしく人形のような美少女だった。髪色は色素が薄いけれど、染めているような雰囲気ではないので天然の色なのだろう。同じく天然赤毛の私としては、うらやましいくらい上品な色だ。

また彼女は目が大きく、まつ毛がたっぷりと縁を彩っている。白い肌は柔らかそうで、唇は口紅などしていないだろうにぷっくりと赤い。声はこの年代の女子にしては少し低く、それが彼女をいっそう落ち着いた雰囲気に見せていた。

「木葉さん、ご懐妊と伺いました。おめでとうございます」

まだ安定期ではないとはいえ、私の妊娠というビッグニュースは一族にとどまらず分家にも流れている。私はぺこりとお辞儀をした。

「ありがとうございます。まだ妊娠初期で、正式なご報告もできず申し訳ありません」

「夏頃にはお生まれとのこと。おふたりの結婚式の頃にはお腹が大きくなっていらっしゃいますわね」

由佳子さんは無邪気に私のお腹のあたりを見てくる。興味津々といった様子は年相応だ。

女子高生からすれば、妊婦もお腹の赤ちゃんも興味深いものかもしれない。

「まだ小さいが、きっと健康に生まれてくる。生まれたら、由佳子も抱いてみるといい」

征士郎さんが少し得意げに言うのが可愛い。

すると、由佳子さんがふふ、と笑った。

「征士郎様のことは幼い頃から存じ上げておりますが、こんなふうにお優しい顔をされるのですね」

由佳子さんは目を細め、私たちを見た。

「私たち分家のオメガからすれば、神様のような存在に思えておりましたが、愛する奥様の前では、征士郎様もひとりの男性なのですね。勉強になりました」

「由佳子、からかっているのか」

「恋に憧れる女子高生の戯言です。お許しください。では、ごきげんよう」

そう言うと由佳子さんは長い髪を翻して去っていった。弾むような靴音が冬の街に響いていた。

「可愛い……」

私はその背中を見て、思わず呟いていた。

その日の晩は、我が家に恵太さんと菱岡さんがいた。

菱岡さんは征士郎さんと仕事の打ち合わせで来ているのだけれど、恵太さんは一族会の一件からよく私たちの家にやってくる。もちろん、征士郎さんがいるときを見計らい、私とふたりきりにならないように気を遣ってくれているけれど。

征士郎さんと番になって以来、私のフェロモンは他のアルファにはほとんど影響を与えないようでその点は安心。何より、恵太さんと征士郎さんが兄弟仲良く過ごしてくれるのが私としては一番嬉しい。

「一橋由佳子ねー。俺も二度くらいしか会ったことないけど、まだ高校生だろ」

恵太さんは私たちがたくさん買って持ち帰ってきたパンをもぐもぐと食べている。夕食も我が家でとったというのに、まだ入るらしい。

「すごく可愛らしくてお人形さんみたいな子ですよね。直接話したのは今日が初めてですけど、感じがよくて妹にするならあんな子がいいなあって思いました」

「俺と会っていたときも常に卒のない印象だな。あの年齢からしたら、俺などおっさ

んだろうが、うまく話を合わせてくる。妙に大人びているから子どもと会っていると
いう感覚はなかった」
征士郎さんの言葉に菱岡さんが頷いた。
「一橋家は多くの花嫁を輩出してきた家柄。由佳子様は歴代の花嫁の中で一番の才媛
と謳《うた》われていました。木葉さんが現れるまで、一族内では由佳子様が第一候補ではと
いう評価でございましたね」
「菱岡、余計なことを言って木葉を不安にさせるな」
征士郎さんが一応突っ込むけれど、私としては気にしていない。だって、確かに賢
そうで愛らしい女の子だったもの。手垢《てあか》のついていない純真無垢な最年少の美少女を、
一族の人たちが特別視したって無理もない。
「まあ、一橋由佳子にとってはよかったんじゃないの？　兄さんの花嫁から外れて。
頭よくて可愛いんなら、九頭竜一族内からも外部からも引く手数多だろ。兄さんの嫁
に選ばれたら、学生のうちからプレッシャーかけられて学業も遊びも楽しめないだろ
うしなあ」
恵太さんが言い、その場の皆が確かにその通りと頷いた。
今日会った彼女は、賢そうではあったけれど、まだほんの少女。高校生活も進学も、

仕事も、未来は選べたほうがいいに決まっている。

「木葉、それはさておき、おまえは顔色がよくない。少し休んだほうがよさそうだ」

征士郎さんに言われ、私はお腹をさすった。実は吐き気で夕食は満足にとれていない。明日は出勤だし、休んだほうがいいのは確かだ。

「じゃあ、先にお風呂いただいて休んじゃいますね。恵太さん、菱岡さん、ゆっくりしていってください」

「木葉ちゃん、ごめんね」

「間もなくお暇いたしますので」

私はリビングから出て、お風呂に向かった。早くつわりが楽にならないかなあなんて思いながら。


夜半、私は横の布団の衣擦れで目覚めた。征士郎さんだ。

「起こしたか？」

私は目をこすり、ふふと笑った。

「ちょうど、目が覚めたところです。早く寝ちゃったから」

「菱岡との打ち合わせでかまってやれなくてすまない。来週、菱岡に単身で例の国に飛んでもらうことになっていてな」

菱岡さんは征士郎さんの秘書だけれど、実務的な部分では片腕として働いている。

「あいつはベータだがすこぶる優秀だ。九頭竜の分家筋、……木葉たちの八分家よりも時代が新しい分家の生まれでな。あいつを見ていると、バース性よりよほど個人の素養のほうが重要だと痛感する」

「征士郎さんはそういった人たちを、ナイングループでもっと活躍させてあげたいんですね」

「親父たちが継いできたアルファ優位の社会では、それが叶わないからな」

征士郎さんが布団の中で腕を広げる。おいでという意味なので、私はもぞもぞと移動し、その胸の中にすっぽりと収まった。征士郎さんの香り。吐き気やだるさが薄らいでいく。

「由佳子の件、気にしなくていいぞ」

「征士郎さんの花嫁第一候補だったってことですか？　気にしてませんよ」

私は笑った。そんなことを気にしている征士郎さんが可愛いと思った。

「だって征士郎さんはもう私の番ですもん。誰にも渡さない。私だけのアルファです」

「ああ、木葉も俺だけのオメガだったな」

どちらからともなくキスを交わす。赤ちゃんがいるので、今はハグとキスまで。ふたりでそう決めている。征士郎さんもアルファの庇護欲《ひごよく》が性的欲求に勝るようで、そういった衝動が起こりづらいと言っている。

「普通のアルファとオメガの夫婦よりしがらみが多いことを申し訳なく思う」

「今更ですよ。まあ、今だから言えますけど、征士郎さんの初体験がプロの女性の手ほどきだったというのはびっくりでしたね。普通の一族じゃないんだあって」

「そういうことを言いふらすのは恵太だな。まったく、そのあたりも気にしなくていい。知っての通り、俺の初恋は木葉だ。心は最初から最後までおまえに捧げた。許してはもらえないか」

熱心に見つめてくる瞳は、愛情と不安に揺れている。本当になんて可愛い人だろう。

私は腕を伸ばし、ぎゅうぎゅうと征士郎さんを抱きしめた。

「も～、怒ってないですよ～！　ちょっと嫉妬しただけで」

「嫉妬していたのか。愛されているな、俺は」

「愛してるに決まってるでしょう」

私たちは布団の中でそんな子どもじみたやりとりをしているうちに、やがて眠ってしまった。

次の土曜日、私の休みに合わせて我が家には幸と恵太さんが遊びに来ていた。

征士郎さんは午前中だけ仕事があり、午後には戻ってくる予定だ。

幸は新居にやってくるのが初めて。九頭竜家の敷地内なので、最初こそ緊張の面持ちだったけれど、この家が本当に私と征士郎さんの個人スペースだとわかって落ち着いたようだ。

恵太さんはすっかり我が家にいることに馴染んでいるし、幸とは顔見知り。大学も休みで、幸もいるならふたりきりにはならないだろうと、私と幸のお喋りに参加しているのである。

やはり彼はもともとの性格が明るく、人懐っこいタイプなのだろう。

「それじゃあ、幸ちゃんはそのアメリカ人のアルファと結婚するのか？」

あっという間に幸のことも『ちゃん』付けで呼んでいる。幸ものんきな性格なのであまり気にもせずに恵太さんの質問に頷いている。

「彼、サイラスっていうんだけど、実業家なんだぁ。ご実家も別の事業を営んでいてそっちはお兄さんが継いでいるらしいんだけど、セレブ一家なのは間違いない。うちの親もその気だし、私も苦労しなそうだし、いいかなあって」

「幸はそのサイラスさんのこと、ちゃんと好きになれるんでしょ」

条件ばかり挙げているのは照れ隠しだと思う。この前会ったとき、幸はまんざらでもなさそうな顔をしていたもの。

「まあ……嫌な人だったら、ここまで話が進む前に拒否してるかな」

そう言って幸はスマホで写真を見せてくれた。そこには幸とサイラスという彼が、エンゲージリングをはめた手を見せ笑っている。背景は海外のリゾートのようだ。

「婚約指輪、もらったって言ってたもんね」

「まあ、してあげてもいいかな。指輪くらいは」

「ここどこ？　すっげえセレブな海辺のサロンですけど。婚前旅行してるなら、もう結婚確定じゃん」

恵太さんがスマホを見てため息。幸とサイラスのラブラブムードは写真からもしっかり伝わってくる。

「恵太さんは？　結婚相手について何か言われないのぉ？」

幸が無邪気に尋ね、恵太さんはうーんと唸る。

「通例なら、兄さんの花嫁候補だったオメガから選ぶんだよな。でも、兄さんと俺はこの本家と分家の従属的な関係を変えたいわけだし、俺が九頭竜と関係ない人間をパース性関係なくパートナーに選んでも問題はない」

「九頭竜の上層部は、婚姻と継嗣について口出しできなくなったものね」

「とはいえ、俺もまだ二十一だしなあ。同い年の木葉ちゃんと幸ちゃんは、いい番が見つかったってことで結婚でいいかもしれないけど、俺は本気で恋できる相手に出会うまではいいや」

結婚の自由が広がれば、九頭竜の血は薄まるかもしれない。一族が信仰している超直感のような能力もなくなるかもしれない。

だけど、血にこだわって個人の幸福が蔑ろにされるより、きっとずっといい。

誰もが私と征士郎さんみたいに、出会えてよかった関係になれるとは限らないのだもの。

「あ、由佳子さんはどう？　一橋由佳子さん。分家のオメガとかそうじゃないとか関係なしに、超可愛いじゃない。まだ十六歳のお嬢様で彼氏もいないんだろうから、今から声かけといたらぁ？」

幸が楽しそうに言う。たぶん目の前のアイドル系イケメンアルファと、純真無垢の美少女オメガが結ばれたら、絵面的に最高だとでも思っているのだろう。ミーハー精神に近い。

「一橋由佳子ね。あんまり会ったことないけど、顔は確かに好みかな。でもまだ十六だろ。恋愛対象外だって」

「あはは、手は出しちゃ駄目だよぉ」

そんな会話をしていると、私のスマホにメッセージが届く。征士郎さんからだ。

「兄さんから？　何時に帰るって？」

恵太さんが尋ねる。四人そろったら、遅めのランチにでも行こうかと話していたのだ。

「えっと【一橋由佳子と会う。少し遅くなる】だそうです」

「あら、噂の由佳子さん。でも、どうしたの？」

「【相談があると呼び出されている】だって」

私たち三人は顔を見合わせた。

なんとなく胸がざわざわするのは、相手が由佳子さんだからだろうか。花嫁候補筆頭だった最年少の才女。先日会ったときも、利発で美しい少女だと感じた。

彼女がいきなり征士郎さんを呼び出した。相談？　それはどういうことだろう。

「征士郎様が今後結婚や跡継ぎのシステムを変えていく方針だっていうのは分家にも

情報として流れているよ。その関係で相談があるのかなぁ」

幸が言い、私はうーんと顎を引いた。

オメガである由佳子さんが、たとえば幸のように他所のアルファと恋をして、九頭竜の外に出たいと考えている可能性はある。それを次代宗家に相談したいというならわかる気はする。

「呼び出しは由佳子さんの個人的なものなのか？」

「わからないです。でも、一橋家からの呼び出しならそうメールする気も……。なんだろう。なんとなく、変な感じがするんです。説明できないけれど」

征士郎さんが急な呼び出しに応じるだろうか。分家の花嫁候補と会うのは、亜美さんのときに大きな事件になっている。慎重な行動を取るはずだ。

私の返事に、幸と恵太さんが黙った。それから恵太さんが言う。

「木葉ちゃんの勘、ちょっと大事に考えたほうがいいかも。番同士は、離れていても異変に気づくものらしいから」

「征士郎様に、電話してみたら？」

幸に言われ、急いでコールする。しかし、征士郎さんは電話に出ない。通常は菱岡さんに連絡をすれば動向がわかるけれど、今日菱岡さんは単独で海外出張中だ。宗家たちにうるさく言われてつけていたボディガードの男性たちも、最近は伴っていない。そして、私の位置情報は征士郎さんにわかるけれど、彼の位置情報は私にはわからない。彼は共有してもいいと言ったけれど、束縛したくないと私が遠慮したのだ。

「私、一橋家に連絡してみるよ。由佳子さんの連絡先、私なら教えてもらえるかも」

幸がすぐに電話をかけたけれど、一橋家は誰も電話に出なかった。家に誰もいない？　由佳子さんはばあやさんがついてくるくらいのお嬢様なのに？

恵太さんが考えるようにうつむき、口にした。

「分家の中でこの結婚システムの恩恵を受け続けてきたのが一橋家なんだよな。一橋家は妻の輩出率が歴代トップ。九頭竜との関係も分家では一番深くて、多くの人間がナイングループや傘下企業で働いている」

一橋家はナイングループで働く以外にも、一族でホテル経営など手広く行っている。同じ分家でも八街家とは裕福さのレベルが違う家だ。恵太さんが私と幸に説明を続ける。

「だから、今回兄さんが誓約をはじめとした結婚システム変革の可能性を示唆したとき、俺も兄さんも一橋家からの反発を覚悟したんだ。結局何も言われなかったけれど、そもそも一橋家が今回の誓約自体に懐疑的、否定的な感情を持っていたとしたらどうだろう」

「どういうことですか」

「木葉ちゃんとお腹の子のために、代々続いてきたしきたりを変革しようとしている兄さんに怒りの矛先が向く可能性も、ないとはいえない」

由佳子さんの呼び出しが一橋家の企み？　私の脳裏には冬の街で会った可憐《かれん》な女子高生の姿がよぎる。

「征士郎さんはそれこそ未来視の力が多少あるはず。危ないと判断すれば近づかないと思います」

「近づかざるを得ない場合もある。……木葉ちゃんとお腹の子を盾にされたら……」

背筋がぞっとした。あり得る話だ。話し合いに応じないなら、私に危害を加えると暗に言われた場合、彼は赴くだろう。

「兄さんは護身術や武道の心得があって、腕っぷしならそんじょそこらの人間には負けない。そこが逆に危ないんだ。たとえば一橋家のもくろみが、兄さんを痛めつけることじゃなく、兄さんと一橋由佳子を強制的に番わせることだとしたら」

「でも、征士郎さんの番は私で……」

反論しかけて、凍りつく。

アルファはパートナーを代えることができるのだ。番がいても行為はできるし、ヒートの行為中に首を噛めば番のオメガが交代となる。そしてどれほど望んでも、一度番を解消したオメガと再度番うことはできない。捨てられたオメガは、生涯誰とも性行為ができなくなり、新たな相手と番うこともできなくなる。

幸が険しい表情で言った。

「アルファ用の誘発剤があるって聞いたことある。それを使われて、目の前にヒートを起こしたオメガがいたら、征士郎様でも正気を保てないんじゃゃ……」

それは最悪の想像だ。

考えすぎかもしれない。しかし、菱岡さんのいないタイミングでの呼び出し。連絡がつかない征士郎さん。妊娠中の私。そして、先日私たちの前に姿を現した一橋由佳子さん。すべてが繋がっていたとしたらどうしよう。

一橋家は、由佳子さんを使って征士郎さんを取り込む気なのだろうか。それとも、番交代の混乱を起こし、九頭竜家の権威自体を貶《おとし》めたいのだろうか。

どちらにしても、なんて邪悪な手段だろう。まだ十六の少女を使って、九頭竜の乗っ取りを画策しているも同じ。

そして、征士郎さんに番を解消されたら、私とお腹の子たちはどうなってしまうのだろう。征士郎さんがどれほど望んでも、私と征士郎さんはもう結ばれないのだ。

恵太さんがいち早く立ち上がった。

「運転手の桜井さんのところに行こう。兄さんをどこで降ろしたか聞くんだ」

私たちは家を飛び出し、桜井さんが詰めているはずの門まで走った。


その後、私たち三人は桜井さんの運転で、征士郎さんを降ろしたという青山《あおやま》ガーデンホテルに向かった。しかし、征士郎さんの姿はなかった。

「ここはナイングループ系列だから、待ち合わせてから移動したかもしれない。一橋家ならロワイヤルパレスホテルだ」

「いくつかあるけど、ここから一番近いのは六本木《ろっぽんぎ》か赤坂《あかさか》か」

恵太さんと幸が考え、桜井さんが車を飛ばしてくれる中、私は何度も何度も征士郎さんに電話をかけた。すると、一件メッセージが来た。

本文はなし。位置情報だけが送信されている。

「征士郎さんから！　位置情報は六本木！」

「承知しました。ロワイヤルパレスホテル六本木でございますね」

桜井さんがハンドルを切り、方向を決める。

この位置情報だけのメッセージは、おそらく征士郎さんからのＳＯＳだ。最悪の予想が当たってしまうかもしれない。

ホテルのロビーに駆け込み、フロントで一橋家が押さえている部屋を尋ねるけれど、やはり教えてはもらえない。ただ、このロビーに入った瞬間から、私は征士郎さんの匂いのようなものを感じていた。

それはおそらくフェロモンの香り。アルファがオメガの香りを察するように、オメガも番のフェロモンがわかる。それが香っているのだ。

「わかるかも。部屋を直接探しましょう」

私の本能に基づいた嗅覚だけが頼り。心もとないけれど、他に方法がない。おそらくはそれなりのグレードの部屋を取っているだろうと目算をつけ、スイートルームのあるフロアへ向かう。一般エレベーターを途中で乗り換え、フロアに降り立つ。まだ匂いが薄い気がした。エレベーター近くの階段から匂いが強くする。

「下の階かも」

「スイートはこの階だよ。下の階はセミスイートだったはず」

幸の言葉に恵太さんが首を振った。

「カモフラージュのため、あえてセミスイートにしたのかも。木葉ちゃんの嗅覚を信用しよう」

三人で階段を駆け下りてすぐに気づいた。征士郎さんの匂いが香っている。そして、知らない甘い香りも感じる。

「たぶんこの階！」

「オメガの匂いも感じる……。木葉ちゃん、どこの部屋かわかるか？」

フロアに部屋はいくつあるのだろう。ここから見える限りでは三つドアが見える。廊下の奥にも部屋はあるだろう。しかし考える余裕はない。ほぼ勘で、一番手前のドアをどんどん力強くたたいた。

「征士郎さん！　木葉です！」

この部屋だと確信があったわけじゃない。だけど、このフロアなのはおそらく間違いない。それなら騒ぎを起こせばいいのだ。

恵太さんと幸も一緒にドアをたたく。

「兄さん！　俺だ！」

「征士郎様！」

騒がしい物音に隣のドアが開いた。

「おまえたち、なんだ！」

飛び出してきた男性たちを見て、恵太さんが叫んだ。

「一橋の人間だ！　この部屋で間違いない！」

部屋の奥に、由佳子さんのばあやさんの姿もある。どうやら、私たちのたたいているドアで正解のようだ。

「征士郎さん！　開けて！　私はここにいます！」

力の限り叫んで、ドアをたたいた。何度も何度もたたき、呼ぶ。男たちが止めようとするのを恵太さんがひとりで抵抗している。

すると、数分としないうちにドアがきいと開いた。そこには胸元を大きくはだけた征士郎さんの姿。顔は赤く、息が荒い。

「木葉……」

私を見て安堵したようにささやいた。腕を伸ばし、かしぐその身体を精一杯抱きとめた。

「ありがとう……おまえの声と、おまえの匂いで、身体が動いた………」

「征士郎さん、何もされていませんか？　大丈夫ですか？」

征士郎さんはつらそうに息を吐き、頷いた。

「由佳子とは何もしていない」

様子から見るに、おそらく誘発剤のような薬剤を使われているようだ。身体は熱を持ち、動きも緩慢。性的な興奮を強制され、息が荒く苦しそうだ。

「あーあ」

その声は部屋の奥から聞こえた。征士郎さんの向こうに広々とした室内が見える。遮光カーテンで光が入らないセミスイート。ベッドとリビングがひと間にあるため、大きなキングサイズのベッドが見えた。ベッドに腰かけていたのは由佳子さん。

「残念。もう少しで、征士郎様と番になれたのに」

立ち上がって私たちのいるドアまでぶらぶら歩いてくる由佳子さんを見て、私も幸も恵太さんも言葉をなくした。

由佳子さんはシャツの前を全部開け、スカート姿。その胸元はブラジャーがずれ、裸の胸が見えていた。細いけれど筋肉質な、平たい男性の胸だった。そして、由佳子さんの声は先日聞いた声よりワントーン低く、少年の声になっていた。

「びっくりした？　見ての通り、僕は男」

笑顔は皮肉げで、口調は馬鹿にしたような笑いを含んでいた。

「次代宗家の気を引いて、誓約で選ばれやすくなるために、女として育てられたんだ」

男性オメガだ。初めて見るが間違いない。

彼もまたヒートを誘発しているのが匂いで伝わってくる。アルファの恵太さんが苦しそうに一歩下がった。ヒートの扇情は強烈なのだ。

「うちの親は、僕に征士郎様を寝取らせて、傀儡《くぐつ》にするつもりだったみたい。九頭竜のアルファ相手に、そんなことできるって考えてるのが馬鹿だよね。対等だとでも思ってんのかな」

由佳子さんの口調は育ちのいいお嬢さんのものではない。彼の素の部分なのだろう。汗ばんだ肌を怒りと興奮に上気させて、私たちをねめつけている。

「由佳子さん、あなたも巻き込まれたんじゃ……」

私の言葉を、由佳子さんがふんと鼻で笑った。

「僕が親に強いられて、征士郎様を寝取ろうとしたと思ってる？　半分正解で半分外れ。僕はムカついたからこの策に乗っただけ。親も九頭竜家もね。宗家が神事で決まったオメガの嫁を捨てて、未成年のオメガと番ったなんて面白いスキャンダルだろ？」

由佳子さんは利用されていたのではないようだ。自分の意志で、私たちの仲を裂こうとした。いや、九頭竜の信用を失墜させようとしていたのだ。

「……身体を使ってまで、そんなことをしようとしていたの？」

「自分を大事にしろとか言いたい？」

思わず漏れた言葉に由佳子さんが激しく反応した。綺麗な顔には歪んだ嘲笑が浮かんでいる。

「大事にする自分なんか端《はな》からないんだよ！　オメガに生まれたってだけで、子どもの頃から女として育てられて、理不尽な思いしかしてない。僕は男なのに、どうして自分を偽って生きなければならないんだ？　こんなことを決めた九頭竜一族も一橋一族も大嫌いだ！」

そう叫んだ由佳子さんの身体が膝から崩れ落ちた。

私が征士郎さんを支えているので、動けるのは同じオメガの幸だけだった。ヒートを起こし、苦しそうに呻く由佳子さんを幸が抱きとめ、その場に座らせる。

階段や廊下が騒がしくなってきた。桜井さんに、一族の人間を何人かよこすように頼んでいる。おそらくは九頭竜家からの助けが来たのだろう。

「なんでだよ。全部、めちゃくちゃにしたかったのに。どうして邪魔するんだ。僕は、全部全部もう嫌なんだ。オメガの自分もアルファの九頭竜も。生まれで人生を決められるのも」

由佳子さんは幸の腕の中で泣き叫んでいた。それは利発なお嬢様の姿ではなかった。ひとりの少年の切なる慟哭《どうこく》。彼はたったひとりで、身に降りかかる理不尽を耐え忍んできたのだろう。

ドアにもたれてオメガの匂いに耐えていた恵太さんがゆっくりと前に進み出た。幸の腕の中の由佳子さんを見下ろす。

「俺もそういう気持ちわかる。全部めちゃくちゃにしてやりたくて、兄さんと木葉ちゃんを傷つけたことがある。でもさ、生まれの不幸を嘆いてたら、大事なものが見えなくなるぞ」

恵太さんは悔しそうに顔を歪め、それから言った。

「兄さんは、九頭竜家と分家の理不尽を解消しようと考えてる。俺もそれに賛成してる。これから色々変わって、みんなもっと自由になるはずなんだ。おまえが苦しいのはわかったよ。ずっと男としての存在を否定されてきたのはわかったよ。でも、なんにもわからないのに、兄さんと木葉ちゃんの幸せを壊そうとするな。八つ当たりはやめろ」

恵太さんにとって由佳子さんは写し鏡のようなものなのかもしれない。どちらも生まれが認められなくて、悔しい思いをして生きてきた。そして、自暴自棄になりかけた。

「由佳子、一橋家のしでかしたことは重い。次代宗家とその妻の立場を害そうとしたのだから」

征士郎さんが苦しげな息を吐きながら、由佳子さんを見つめた。

「しかし、おまえの本質と苦悩を見抜けなかったのは次代宗家として俺の失敗だ。今後、おまえが生きやすい世界になるよう、尽力する。今しばらく待ってくれるか」

ヒートを起こしている由佳子さんに兄弟の言葉がどこまで伝わっているかわからない。それでも、由佳子さんは叫ぶことをやめ、幸の腕の中で苦しそうに嗚咽していた。

駆けつけた九頭竜の人たちによって、征士郎さんは病院に運ばれた。私も同行したので、その後のことは恵太さんからの連絡によって知った。

同じく強制的にヒートを起こしていた由佳子さんも別の病院に運ばれ入院となったそうだ。由佳子さんと征士郎さんを強引に番わせようとした一橋家の企みは白日の下にさらされ、その日のうちに宗家をはじめとした九頭竜上層部からの査問会が開かれたという。

ここで、一橋家と宗家たちが手を組み、征士郎さんを廃嫡することも考えられたけれど、その場に同席していた恵太さん曰く『親父たちはもう兄さんに勝てないとわかっている』とのこと。一橋家は謝罪し、当面一族関連の行事には参列しないこととなった。分家の資格剥奪こそなかったけれど、恵太さんの意見ではおそらくナイングループ内の一橋家はそろって辞職することになるだろうとのことだった。

征士郎さんは病院で胃の洗浄や点滴などの処置を受けた。以前、亜美さんも言っていたけれど、かなり苦しい処置のようだった。

私は先に病室で待っていた。途中、心配した医師が私も診察してくれたけれど、お腹の赤ちゃんたちは元気とのこと。それだけはほっとする。

夜には、処置を終え病室に戻ってきた征士郎さんは疲労もあってか昏々《こんこん》と眠り続けた。ホテルの一室のような病室は広く、私もサブベッドで休みながら征士郎さんの目覚めを待った。


夜半、征士郎さんが眠りから覚めた。

木葉、と低く呼ぶ声で私は飛び起き、ベッドに駆け寄る。

「征士郎さん！　身体は？　変なところはないですか？」

「ああ、おまえこそ大丈夫か。妊娠中だというのに、心配をかけた」

私は首を振り、横たわっている征士郎さんの胸に顔を押しつけた。

「私もこの子たちも強いので大丈夫ですよ」

そう言いながら涙が出てしまった。征士郎さんが無事なのが嬉しい。そして、私たちの仲が他者の悪意で引き裂かれなかったことに安堵している。

「木葉、おまえが助けてくれた。異変を感じ取ってくれてありがとう」

「征士郎さんの番ですから。……あなたを奪われなくてよかった」

涙が後から後からこぼれ、彼の胸を濡《ぬ》らした。

「あなたに捨てられたら、私とこの子たちはどうなってしまうだろうと。私の愛は一生叶わなくなってしまうのだと。怖かった」

「不安にさせてすまない。由佳子に相談を持ちかけられたとき断ったんだ。しかし、木葉と赤ん坊の情報をかなり調べ上げていて、木葉の行動パターンも把握しているようだった。探りを入れる目的で話を聞きに行ったらこのざまだ。申し訳ない」

予想通り私と赤ちゃんたちを盾に、彼を呼び出していたのだ。誘発剤まで使われ、必死で耐え抜いた彼はやはり凄まじい精神力の持ち主なのだろう。

「征士郎さんはいつも私と赤ちゃんを守ろうとしてくれています。だけど、私も同じ気持ちですからね。私だって征士郎さんを守りたい。どんなことからも」

「ああ、ありがとう。木葉、愛している」

「はい、私も。世界で一番あなたを愛しています」

私たちは互いの身体をしっかりと抱きしめ、キスをした。

九　未来の子どもたち

十二月の一橋家の事件からひと月が経った。

年末年始を私は九頭竜家で過ごした。年末は九頭竜家伝統の大掃除があり、古くからのしきたりに則った母屋や神殿の清掃を手伝った。四季折々、九頭竜家には様々な歳時記の催しがある。こういったことは現在は先代や一族の女性が担っているそうだけれど、今後は私が引き継ぎ、取り仕切っていくことになるだろう。

元日には一族会があり、私も参加した。年始の挨拶は、例年宗家がするけれど、今年からは征士郎さんが務めることとなった。

宗家はあれ以来、征士郎さんに全権を委任している。ナイングループではまだ社長職にあるけれど、そう遠くない将来、征士郎さんに代替わりするのではというのが周囲の見方だ。長く九頭竜とナイングループのトップに君臨してきた人だ。引き際もわかっているのだろう。先代からの意見もあるようだ。

年明け少ししてから、その後の一橋家の情報が征士郎さんからもたらされた。

まず、恵太さんの予想通りナイングループに勤務していた一橋家の人間のほとんどが依願退職をしたそうだ。謝意と、野心がないことを示すためである。

そして、由佳子さん……本名を由《ゆう》さんというそうだけれど、彼は一橋家から出ることとなった。本人の希望と征士郎さんの後押しがあったそうだ。現在は九頭竜家末席の家庭に引き取られている。すでに子どもが成人済みの家庭で、老齢期に差しかかるご夫婦が由さんの面倒を見るそうだ。

女性として通っていた学校からも転校し、本人の希望で来月から男性として都立の高校に通うと聞いている。

花嫁候補として育てられた由さんは、一橋家において凄まじいプレッシャーにさらされ生きてきた。性別を偽らされ、征士郎さんの気を引くため、花嫁候補として劣って見えないよう教育された。

本家と分家の在り方で、歪められた人生がここにもあった。征士郎さんは心を痛め、由さんのしたことを咎《とが》めるより歪みの元凶を正すことを考えたのだろう。

結果として由さんに対して寛大な措置《そち》になったことを、征士郎さんは私に詫びた。

直接被害に遭ったのは征士郎さんだ。征士郎さんがいいというなら私は問題ない。

それに、由さんの悲痛な涙と十六年に及ぶ虐待にも等しい待遇を考えたら、彼を傷つけるような罰を与えてほしくはなかった。

こうして年末の事件は終わりを迎え、新しい年はあわただしく始まった。

二月、すっかりつわりも落ち着き、安定期に入った私は征士郎さんとともに病院を訪れた。お腹の赤ちゃんたちのバース性を調べるためだ。

私の血液と体液を特殊な検査にかけて調べると聞いている。羊水を採取するなどはないため、リスクのない検査だそうだ。

どんな結果でもいいと思いつつ、やはりドキドキする。

アルファ以外は育ちづらいと言われている。現状、ふたりとも元気に成長してくれているようだけれど……。

「征士郎さん、木葉さん、結果が出ましたよ」

院長室で私たちは医師の説明を受けた。

「お腹の赤ちゃんはそれぞれ胎盤と羊膜、絨毛膜を持っている多胎児であることは説明したね」

「はい」

「今回の検査でひとりはアルファであることがほぼ確定しています」

私と征士郎さんは顔を見合わせた。アルファ……。宗家候補と決まったわけじゃないけれど、出産までの不安は少し軽減される。

「もうひとりは？」

「実は今回の検査ではよくわからなかったんだ。多胎児の検査例が少ないということもあるけれど、現時点ではバース性は不明です」

「そうですか……」

気が抜けたような感覚だった。よかったのか、悪かったのか判然としない。

征士郎さんが私の背をさする。

「どんな結果でもいいだろう。元気に育ってくれれば」

医師が頷く。

「とても健康に育っているから、そこは安心してくださいね」

私は頷き、そっとお腹を撫でた。妊娠五ヶ月目のお腹は少しずつ膨らみ始めている。

不安解消とはいかなかったけれど、これでいいのだ。バース性なんて関係ない。

帰り道は散歩がてら手を繋いで歩いた。征士郎さんはよくこうして一緒に散歩する時間を取ってくれる。

「男の子か女の子かがわかるのはもう少し先みたいですね」

「それも、俺はどちらでもいい。男子でも女子でもきっと可愛いだろう」

「征士郎さんに似ているといいなあ。征士郎さん、超美形ですもん」

「俺は木葉に似た赤毛の愛らしい子がいい。可愛くてきっと溺愛してしまう」

ふたりで顔を見合わせ、笑う。こうして、赤ちゃんの想像をして笑い合える余裕が出てきたのは、きっといいことだ。いつもどこか不安な妊娠生活だけれど、少なくとも赤ちゃんは今元気なのだから。

冬の街、街路樹は葉を落とし、吹く風は冷たい。繋いだ手は温かいけれど、もっと温度が欲しくて私は征士郎さんの肩に頭をもたせかけた。

「ねえ、征士郎さん、初めてデートした頃、覚えてますか？」

私と征士郎さんが初めて会ったのは五月。まだ一年も経っていないけれど、ずいぶん長く時間が経ったように感じる。

「誓約で婚約が決まって、デートするようになって」

「俺は気の利かないデートに誘っていたな」

「ボディガードさんがつくんですもん。驚いたなぁ」

私は思い出してくすくす笑う。最近はほぼボディガードは断っている征士郎さん。おかげで今日もふたりきりで散歩できている。

「仕事の延長のようなところにばかり連れていき、花嫁候補のオメガたちと行ったレストランで食事。我ながら、愛想を尽かされても仕方ないデートをしていた」

「今にしてみれば、あれはあれで楽しかったですよ」

「俺は木葉にあちこち連れ出してもらうほうが何倍も楽しかった」

「二度目のお出かけで押し倒されましたけどね」

からかって言うと征士郎さんがしゅんとした顔を向けてくる。耳を伏せた犬みたいだ。

「あれは……勘違いとはいえ、勝手に盛り上がって悪いことをした。おまえの初めてをあんな形で奪ってしまって」

「いーえ、元はといえば私の不勉強です」

それから言葉を切って、背伸びをして彼の耳元でささやく。

「初めてを捧げたのが征士郎さんでよかった。私、征士郎さんがくれる最高の経験しか知らないんです。幸せでしょう」

征士郎さんはわずかに頬を赤くしながら、うつむいた。

「そんなことを言われるとさすがに禁欲生活がつらくなる」

「気をつけて、優しくならできるみたいですよ」

「いや、俺のけじめとして、赤ん坊たちが無事に生まれるまで我慢したいんだ」

私は思いやり深い旦那さんの頬にキスをし、腕と腕を絡ませた。

五月、私と征士郎さんが誓約の場で出会ってちょうど一年。私たちの結婚式と征士郎さんの宗家襲名の式典が九頭竜系列のホテルで行われた。一族は総出、分家からは当主夫妻、そしてナイングループ関係者や政財界の重鎮たちが参列する大きな式だ。

まずは神式で私と征士郎さんの祝言が執り行われた。私は白無垢に綿帽子という花嫁スタイル。征士郎さんは竜紋付きの羽織袴姿で、とても凛々しくて素敵だ。征士郎さんは征士郎さんで、私のことを可愛い可愛いと褒めてくれた。白無垢の下で大きくなった妊娠後期のお腹を撫でて。

祝言が終わると、そのまま征士郎さんの宗家襲名式典となった。

代々受け継がれてきた宝剣を渡され、祝詞の奏上。この宝剣を模して造られたのが誓約のとき使った陶製の宝剣だろう。細工がそっくりだもの。

それから、征士郎さんがその場に集まった人たちに挨拶をし、式典は無事終了となった。

そこからは祝いの席となる。ホテルの神殿から花嫁行列を作って、庭園を練り歩き、ホテル内の大宴会場まで移動した。ここからは立食のパーティー形式で披露宴となる。ここで私はシルエットのゆったりとしたエンパイア型のウエディングドレスにお色直しをした。本当は色打掛を着る予定だったのだけれど、双子の入ったお腹は想像以上に大きく、長時間重量のある着物を着るには少々苦しいのだ。征士郎さんも合わせてモーニングにお色直ししてくれた。征士郎さんのお色直しが見られたのは眼福と言わざるを得ない。

色打掛は別の日に写真だけ撮ろうと、征士郎さんと約束をしている。

「木葉、お腹は張らない？　ちゃんと何か食べた？」

歓談になり、母がすぐさま新郎新婦席にすっ飛んできた。父はお酌をして回っているけれど、母は離脱してきたようだ。

「大丈夫よ、お母さん。堅苦しくないパーティーにしたから楽しんでちょうだい」

「はあ、木葉が征士郎様に愛されて、幸せな花嫁になったのねえ。感慨深いわあ。お母さんが後押ししたおかげね」

自画自賛の母に思わず笑ってしまう。

「はいはい、お母さんの色々強引なところに助けられました」

「お産のときは征士郎様が立ち会うんでしょう。その日のうちに会いに行ってもいいかしら」

「うんうん、いいよ」

父が手招きしているので、母はあわただしく戻っていった。九頭竜の中枢に入っていくことに、両親は最初こそ不安だっただろうけれど、今はすっかり馴染んでいる様子。それは本当によかった。

「木葉～」

ワイン色のドレスを身にまとい、小走りでやってきたのは幸だ。

「白無垢も可愛かったけど、ドレスもいいねぇ。似合ってるよぉ」

「ありがとう。ねえ、幸も正式に番契約を結んだんでしょう？」

幸がサイドアップの髪をかき上げ、首筋を見せてくれた。そこには薄く赤い噛み痕。私の首筋にも残るものだ。

「卒業と同時にシカゴへ行く。それまでは遠距離なんだけど、サイラスは月イチで日本に会いに来ちゃうからあんまり遠距離って感じがしない～」

「おめでとう。向こうでは専業主婦？」

「ううん、サイラスの仕事を手伝うわ」

私は双子の出産が近づいてくると同時に、一度書店員を辞めることにしている。仕事は大事だし、大好きだからいつかまた復職したい。だけど、今は生まれてくる双子に注力したい。何しろ、ただでさえ要領がいいとはいえない私だ。赤ちゃんふたりのお世話なんて目が回ってしまうに違いないもの。

「ねえ木葉、運命の番ってね、私存在すると思うの」

「急にどうしたの、幸」

「一年前の誓約の日、征士郎様と木葉はお互いから視線が外せなかった。端で見ていて、すごくロマンティックな出会いに見えたよ」

幸はそう言って微笑んだ。

「木葉と征士郎様は、恋に落ちるのが確定のふたりだったんだよ。きっと、ふたりがベータ同士でも、どこかで出会った。そう考えたら、世界中のみんなに運命の番がいて、いつか出会える日が巡ってくるのかもしれない。それってちょっと素敵だよねぇ」

「うん、素敵。幸も私も運命の番に出会って、ちゃんとその手をつかんだんだね」

私たちが微笑み合っていると、ぱきっと張り詰めた声が割り込んできた。

「失礼。挨拶に来たわ」

そこにいたのは亜美さんだ。オレンジ色の華やかなドレスをまとい、髪はアップスタイル。花嫁顔負けに生花があしらわれている。遠慮のない派手さはすがすがしいほどだ。

「亜美さん、こんにちは。今日はありがとうございます」

「大きなお腹。あー、憎らしい」

そう言って亜美さんは私のお腹に手を伸ばした。でも言葉と裏腹に撫でる手つきは優しい。

「私も縁談が決まったわよ」

亜美さんは私のお腹を撫でながらぼそりと言った。

「本当ですか。おめでとうございます。九頭竜家内ですか？」

「亜美さん、この春大学卒業されたんですよねえ。ってことは、もうすぐに挙式ですかあ」

「うるさいわねえ。いっぺんに色々聞かないで」

うっとうしそうに亜美さんが言い、それから嘆息した。

「京都の名門アルファ一族・青雲《せいうん》家よ。東の九頭竜、西の青雲と並び称されるお家。私に相応しいのはそういった家柄でないと。当主のご次男がお相手だけど、切れ者で有名だし、きっと木葉さんよりはるかに幸せになってしまうわね」

ツンと高慢お嬢様全開で言う亜美さん。相変わらずだけど、もう嫌な感じはしない。彼女なりの気遣いなのは充分にわかっている。

「お幸せに、亜美さん」

「あなたこそ、征士郎様の足を引っ張る不甲斐《ふがい》ない妻にならないようになさい！」

亜美さんは傲岸な笑みを浮かべ、さっそうと去っていった。亜美さんのすっきりした顔にほっとした気持ちになる。

その後、私の元には一族内外の多くの人が祝福の言葉を述べに来てくれた。名実ともに宗家の妻となった私にとって、こうした場での対応も大事な仕事。

とはいえ、妊婦にはなかなか疲れる時間でもあった。征士郎さんは最初から派閥代表の大物議員や、総理秘書官、外務省など省庁の幹部たちと歓談している。たまに視線はくれ、気遣ってくれてはいるけれど、私の体調までカバーはできないだろうと最初からわかっていた。その分、幸がずっとそばにいてくれた。

披露宴が始まり二時間ほど。まだ続くパーティー会場から私は一時中座した。さすがにお腹が張り、休憩したくなってきたところだ。幸に付き添ってもらい、用意してもらった控室へ。

ソファに脚を伸ばして座る。ようやくひと心地つけた、と思ったときだ。控室のドアがノックされた。

「木葉ちゃん、いる？」

恵太さんの声だ。恵太さんは朝から式典に参列し、披露宴でも宗家の弟として方々に挨拶をしていたはず。

「はい、幸と一緒です。どうぞ」

ソファから足を下ろし、スカートの裾を直して姿勢を正した。室内に入ってきたのは恵太さん。そして、その後ろにいる少年は。

「えっと……由さん」

一橋由、半年ぶりの再会だった。この姿で会うのは初めてだ。一橋家も彼も今日の式には参列していない。

髪の毛はセンターパートのショートカット、シャツにスラックスというでたちは高校の制服のように見える。顔は相変わらず愛らしく、美少年そのものの彼だけど、半年前より少し背が伸び、骨格もしっかりしてきているようだ。

「ども」

声は低く、少年のもの。気まずそうにぺこっと頭を下げる由さんに、恵太さんが「ほら、きちんと自分の言葉で言え」と促す。

由さんは唇をもごもご動かし、それから頭を下げた。

「すみませんでした。木葉さんと征士郎様の仲をめちゃくちゃにしようとして。僕が悪かったです」

「由さん、それを言いに来てくれたんですか」

私は目を細めて、彼を見つめた。どんな思いでここに来てくれただろう。

「あの後、自暴自棄みたいになったんだけど、恵太くんが色々話を聞いてくれて。さらに征士郎様のおかげで、一橋家から離れることができた。男として生きていいって言ってもらえて、新しい環境を用意してもらえた。ありがとうございます。あんなことをしでかした僕に、ここまでしてくれて、本当に感謝しかないです」

恵太さんは自分と同じように屈折してしまった由さんを心配して、メンターの役割をしてくれていたようだ。その恵太さんが付け足す。

「兄さんは今日忙しいだろうから、別の機会で会いに行かせるつもり。でも、木葉ちゃんに会うなら今日がいいかなって。すっきりした気分で花嫁してもらいたいじゃん」

「恵太さん、ありがとう。由さん、私はもう気にしていません。由さん、今すごく晴れやかな顔をしてる。大変な環境で生きてきたあなたが安心した生活が送れているようでよかった」

「恵太くんとも話してわかったんです。生まれにこだわってきたのは、親や一族より僕なのかもしれないって。反抗する機会はあったはずなのに、オメガだからって自分の人生を決めつけてきた。これから、僕はもっと自由に生きます。好きな服を着るし、好きなスポーツをする。やりたいことは全部やって、大学も仕事も自分で選ぶ」

由さんが困ったように笑った。それは感極まった様子を隠すための苦笑いのようだった。

「僕は、オメガの前にひとりの人間だから。……あ、でもせっかくなんでオメガを利用して、男でも女でも上玉アルファのパートナーを探して幸せになろうかな」

「たくましくなったねぇ」

幸が突っ込み、四人でこらえきれず笑った。お人形さんのようだった由佳子さんはいない。今ここにいるのは自由なオメガの少年だ。

これから彼はなんだってできるのだ。私のお腹にいる赤ちゃんたちのように。

「由さん、私は大人になってオメガになった変わり種でしょう。最初は混乱しかなかった。由さんや幸みたいな覚悟も持てなくてふわふわしているうちに花嫁に決まってしまって。征士郎さんに惹かれるうちに、本能だけでこの人と結ばれていいのかと不安になった」

私は由さんを見つめ、自分に語りかけるように言葉を紡いだ。

「だけど、わかったんだ。心が本能を凌駕《りょうが》する瞬間は必ずある。私たちはバース性の乗り物じゃないんだって、征士郎さんと会って理解できた。由さんにもそんな人が現れることを祈っています」

由さんがふっと笑う。年相応の子どもみたいな笑顔だ。

「大恋愛の先輩が言う言葉は重みがあるな。参考にします」

「俺も参考にしよっと」

恵太さんが横で言い、幸が笑った。すると、私のお腹にどかんという衝撃。

「うっく……」

お腹を押さえて、背を丸めた私に、三人が駆け寄る。

「どうしたの？　木葉ちゃん」

「お腹痛い⁉」

私は顔を上げて、へへと笑った。

「お腹蹴られたぁ。ふたりいっぺんに蹴るんだもん。ひどいよ、この子たち」

三人がほっとした顔になる。それから幸が言った。

「木葉が真面目なこと言うから、驚いたんじゃない？　赤ちゃんも」

式が終わり、帰りは征士郎さんと一緒に桜井さんの運転で帰宅した。短い距離なのにすっかり寝入ってしまった私を征士郎さんは抱き上げて運んでくれたようだ。

布団に下ろされて、ようやく私は目覚めた。

「重かったでしょう」

「軽い。疲れたな、木葉。ゆっくり休んでくれ」

「征士郎さんも一緒じゃなきゃ嫌です」

私を寝かせてまた仕事やら何やらを始めてしまいそうな征士郎さん。私は腕を伸ばし、征士郎さんの首に巻きつけた。

「お腹のベビーズも、パパと一緒がいいって言っています。妻と子が呼んでいるのでこのままお布団へどうぞ」

「こらこら」

そう言いながら添い寝してくれる征士郎さん。私は征士郎さんの胸に顔をうずめた。

「今日はいろんなことがありました」

「おまえのそばにいてやれなくてすまない」

「いいえ。私は私で、いい時間でした」

私は顔を上げ、征士郎さんを見つめた。

「私たち、結婚したんですねえ」

「ああ、そうだ」

「前も言った気がするんですが、改めて。……ふつつかな妻ですがよろしくお願いします」

「俺もふつつかな夫だがよろしく頼む」

ふたりで噴き出して、それから抱き合った。征士郎さんは私を寝かしつけて布団から出るつもりだったのだと思う。だけど、そのまま眠ってしまったようだ。

私たちは朝まで寄り添い合って眠った。


七月、お腹の赤ちゃんは順調に成長を続け、間もなく出産を迎えようとしていた。

今日までの健康状態は良好、ひとりは男児でこの子がアルファなのはほぼ間違いないそうだ。もうひとりは女児。この子のバース性が不明ということだった。私が成人後のオメガ転化者だったため、すべてのバースの可能性があるそうだ。

多胎児ということ、バース性不明の九頭竜の子である点からも、医師の勧めで帝王切開での分娩《ぶんべん》が決まった。

出産予定前日の三十七週と一日目、私はお世話になっている病院に入院した。明日には、お腹の赤ちゃんたちと会える。信じられないような待ち遠しいような。

ともかく、この子たちが無事に出てこられるよう祈ろう。

分娩当日には征士郎さんが仕事の都合をつけ、駆けつけてくれた。ギリギリまで菱岡さんと打ち合わせをし、彼にすべてを任せて帰らせると、私に向き直る。

「待たせた。ここからは、木葉と子どもたちに集中する」

「気合が入ってますねえ」

苦笑いする私の頬に征士郎さんが触れた。そっと唇を重ねられた。

顔を離すと真剣な征士郎さんの瞳とぶつかった。

「愛している、木葉。おまえに大きな仕事を任せることになる。俺は見守ることしかできないが、おまえを信頼している。どうか、よろしく頼む」

出産への激励。私はにっと笑い、ガッツポーズをしてみせた。

「任せてください！」

正午、予定通り手術室に運ばれ、帝王切開による分娩が始まる。

部分麻酔なので意識はあるけれど、ぼんやりと遠い感覚がした。そこに大きな産声。

「男の子ですよ。ほら、もうひとり」

続いて聞こえる産声。

ああ、元気な声だなあ。私と征士郎さんの赤ちゃんがこの世界に生まれ落ちた。なんてありがたいことだろう。

身体を拭かれた赤ちゃんたちが私の左右にやってくる。男の子は私と同じ少し赤っぽい髪色をしていた。顔をくしゃくしゃにして泣くので目鼻立ちはよくわからないけれど、眉毛の感じが征士郎さんに似ている気がした。

そして、女の子のほうは征士郎さん譲りとしか思えない黒髪だ。こちらはきょとんと私を見ている。双子の兄妹は、なんだか対照的。だけど、とても私たちの子どもらしい。

征士郎さんが衛生用の白衣に身を包み、手術室に入ってきた。私はまだ処置中だけど、看護師さんが赤ちゃんを征士郎さんに見せている。赤ちゃんたちは体重計測などのためにすぐに隣室に連れていかれてしまった。

「木葉」

私を覗き込んだ征士郎さんは感動というより、呆然という顔をしていた。喜びが極限までいって、処理しきれないといった様子だ。

この人のこんな顔も、妻である私しか見られないのだろうな。

「ありがとう。可愛い子たちだ。頑張ってくれてありがとう」

「あの子たちの生きる力が強かったんですよ」

私は笑い、それから彼を真剣に見つめた。

「私、もっともっと征士郎さんの赤ちゃんを産みますからね。大家族になりましょう」

征士郎さんの目に浮かんだ涙が私の頬に落ちる。言葉にならない征士郎さんの頬を撫で、私はささやいた。

「まずはあの子たちのパパとママ、頑張りましょうね」


その日の午後には、赤ちゃんたちは私の病室に移され、家族の面会を終えた。夕刻、私と征士郎さんだけが残る中、医師がやってきた。

「征士郎さん、木葉さん。赤ちゃんのバース性がわかりました。男の子のほうはやはりアルファ。そして女の子のほうはオメガです」

私は息を呑んだ。アルファとオメガの兄妹だ。

「二次性徴で確定するかと思いますが、一般的に転化はベータから起こるものなので、お子さんふたりはおそらくこのバース性で確定でしょう」

「わかりました。ありがとうございます」

医師が帰っていき、病室は夕暮れの日差しでオレンジ色だった。夏の日が暮れていく時分だ。

私はベビーコットで眠るふたりを見つめる。征士郎さんが私の肩を抱き寄せた。

「この先、どんな困難があっても、俺はおまえとこの子たちを守る」

「征士郎さん」

「何度だって誓う。この子たちが幸せと自由を手にする未来を俺は作る」

アルファ優位の一族は、征士郎さんの改革で徐々に変わっていくだろう。それでも、オメガとして生まれた娘には、古い因習が立ちはだかるかもしれない。それはアルファの息子の未来にも関わってくるかもしれない。

それらに負けない心を育ててあげたい。守り、慈しみ、そしていつか巣立たせてあげたい。

「征士郎さんと番になったとき、素晴らしい充足感を覚えました。今、同じくらい満ち足りて勇気が湧いてくるような気持ちです」

「ああ、親にしてくれたこの子たちには感謝すべきだな」

私と征士郎さんはいつまでもそうしていた。愛する宝物たちを見つめ、ベッドの上で寄り添って座り、落日の陽光で頬を明るくしていた。

エピローグ

秋、私と征士郎さんの赤ちゃんたちは生後百日を迎えた。九頭竜家のしきたりに則り、祈祷《きとう》とお祝いが行われる。こういった子どもの成長を喜ぶ儀式は、一般家庭でも見られるものだし、単純におめでたいことなのでどんどんやっていくつもりらしい。

息子は樹《いつき》、娘は沙羅《さら》という。生後三ヶ月のふたりは首も据わり、身体も健康そうにふくふくとしている。

神殿での祈祷の後、祝宴ではお食い初めや歯固め石などの定番の行事も行われ、大勢の人に囲まれてあれやこれやと世話されるふたりは、途中から大泣きだった。祝宴の途中から息子は私が、娘は征士郎さんが抱っこ紐《ひも》で抱えて寝かしつけることとなった。

一族の人々は、きりりとダークスーツを着こなした美貌の宗家が、抱っこ紐を巻き娘をあやしている姿をぽかんと見ていた。ギャップがすごいとは私も思う。

だけど、眠ってしまった娘のよだれを綿のハンカチで拭いてあげる征士郎さんは、世界で一番格好いい。

「木葉、樹のほうが重たいだろう。代わるか？」

「駄目よ。沙羅はパパっ子だから、今征士郎さんから離されたら起きて大泣き」

「確かに」

ふたりでそんな会話をしていると、現在の分家筆頭である二科家の当主が私たちの元へ歩み寄ってきた。亜美さんの伯父にあたる人だ。

「宗家、ご子息はアルファとのこと。宗家は今後九頭竜分家にこだわらず婚姻を認める方針と伺いましたが、当家といたしましては今後オメガが生まれた場合は、ご子息の花嫁候補として養育していく所存です」

そういった意見が出るのは予想していた。長年続いてきた九頭竜の婚姻システムを全面的に撤廃するのは難しい。分家は九頭竜に深く取り入るために、これからもオメガの花嫁を用意しようとするだろう。

征士郎さんがなんと答えるか私は見守る。すると征士郎さんはにこっと微笑んだ。

「宗家を息子にするか、娘にするか、まだ俺は決めていませんよ」

「え……、ご息女は」

オメガではないか、そういう声が聞こえてきそうだ。征士郎さんは穏やかな笑顔のまま答えた。

「どちらが宗家になるにしても、相手は俺が決めることではない。この子たちが決めるでしょう。もちろん、この子たちが分家の同世代の誰かに恋をしたとしたら、私はそれを止めません」

私は隣の夫を誇らしい気持ちで見つめた。愛娘の髪を撫でながら、美しく雄々しく立つその姿。

「バース性も、男女の性差も、本家も分家も、これからの九頭竜とナイングループにおいて、大きな意味はありません。誰もが等しく尊重され、能力を認められるようになる」

征士郎さんの言葉に、いつしか多くの人間が耳を傾けていた。

「私の作る世界はそういうものです」

ある者には自由への言葉に聞こえるだろう。ある者には既存の価値観が崩壊する危機感に繋がっただろう。どちらにしろ、変革の意志はこの場にいた多くの人間に伝わったのだ。

「格好よかった～」

お祝いを終え、帰宅した私と征士郎さんは、樹と沙羅をお風呂に入れ授乳とミルクを済ませて寝かしつけた。

双子の育児はとにかく手が足りなくて、実家の母や、母屋のベテラン使用人さんたちが手助けに来てくれる。こうしてふたりのときは征士郎さんも一緒に育児をしてくれる。

おそらく征士郎さんは、私が急に寝込んでも、私と同じ手際で育児ができてしまうだろう。スーパーハイスペックは育児にも発揮されている。ともかく、多くの人の手を借りられる私はかなりラッキーなのだと思う。

リビングに布団を敷き、現在子どもたちはそこで眠っていた。片方に授乳をしているうちに片方が寝るということが多いので、リビングにはいつもお布団が準備されてある。あとで寝室に運ぼう。

征士郎さんはソファに腰かけ、私の淹れたお茶をぐっと飲んだ。

「格好よかったとは？　樹か？　確かにずっと泣き続けていて、胆力と体力はアピールできたように思うが」

私はその横に座って苦笑いだ。

「もう、征士郎さんが格好いいって言ってるんですよ。二科家の当主に向かって言った言葉。堂々としていてご立派でした。この子たちを守ろうとしてくれているのは常々感じているけど、今日のような場で発言してくれるなんて」

「オメガの花嫁候補については、近々のうちにすべての分家に通達するつもりだ。しかし、九頭竜と縁を深めたい一族は、これからもオメガを養育し、樹の嫁に差し出そうとするだろう」

「だから、沙羅にも可能性があるって言ったんですね」

「実際、沙羅も宗家たり得る。それに、将来木葉が産む子たちだって可能性がある。そうやって、皆を平等に育てていきたいんだ」

素敵な考えだ。子どもたちは九頭竜の直系。だけど、未来を決められているわけじゃない。それを親である私たちは認め続けてあげたい。

「やっぱり征士郎さんって格好いい」

「俺に惚れてくれているか?」

「ええ、もちろん。毎日毎日、大好きが更新されて苦しいくらいです」

視線が絡み、自然と唇が重なる。征士郎さんが私を抱き寄せた。

「俺も毎日毎日、木葉のことを好きになる。俺に恋を教えてくれてありがとう。俺の子を産んでくれてありがとう」

出会ったあの日、俺のオメガと彼は私を呼んだ。九頭竜の血を引く数多の子を産め、と。

その彼が今、あふれんばかりの愛情を瞳にたたえ、私を見つめる。真心のこもった恋の言葉を唇に乗せる。

私たちは確かに本能に打ち勝ったのだろう。そして、恋という最上の心を知った。

「征士郎さん、この先もずっとずっと、死ぬまで私の隣にいてくださいね」

「ああ、俺は木葉の番だからな」

私たちはキスを交わし、きつく抱きしめ合った。近くの布団では、私たちの宝物がふたり、優しい寝息をたてていた。

番外編　九頭竜征士郎の結婚

今日、俺の妻が子どもを産んだ。

男の子と女の子の双子だ。バース性は俺と妻からそれぞれ受け継いで男児がアルファ、女児がオメガ。

アルファでなければ九頭竜にあらずといった一族に生まれ、まさにその枠組みを変えていこうとしているときに生まれた俺の子どもたち。俺は必ずこの子たちを守る。

この子たちが生きやすい一族を作る。

並んで眠る小さな子どもたちを、最愛の妻・木葉とふたり並んで眺める。

「ふたりとも可愛い。元気に生まれてくれただけで嬉しい」

木葉が目を細め、嬉しそうに笑う。

「征士郎さんと私の赤ちゃんですね」

「ああ木葉、本当にありがとう。幸せだ」

俺は木葉の頭を胸にかき抱き、つむじにキスをした。

＊＊＊

アルファの一族としては国内で抜きん出た存在、それが俺の生まれた九頭竜家だ。

表向きナイングループという企業体を営み、各所に顔が利く九頭竜家は、政府中枢とは蜜月関係で実質政財界を裏で仕切っているといえる。

生まれた瞬間から、俺の運命はこの一族を継ぐことで決定していた。

神聖な儀式で選ばれた母親から生まれた直系のアルファ。九頭竜の未来視の力を有しているだろう子。

俺の前にはすでにレールが敷かれていたのだ。

母の記憶はほとんどない。聞いたところによると、よく通る声の凛《りん》とした女性だったそうだ。二歳で母と死別した俺は、さみしがって泣く間もなく、次期宗家として教育された。そういう一族だった。

物心つく頃、俺は自分が思いのほか空っぽであると気づいた。何事にも興味が湧かないのだ。

勉強もスポーツも、苦もなく学内で一番になれる。少し努力をするだけで、結果を出せるのは九頭竜のアルファゆえ。

また小学生の俺は、学友の会話に出てくるゲームも漫画もわからなかった。貸してくれる友人もいたし、読めば理解はできるのだ。しかし、特に心に響くことはなかった。

面白いかと聞かれ、俺は少し笑って『面白いね』と答えた。それがその場で必要なコミュニケーションだったからだ。

中学生になっても高校生になっても、俺は友人たちの楽しむものがいまいち理解できなかった。

スポーツの成績からありとあらゆる部活に勧誘されたが、どれもさほど興味が持てない。努力はできるかもしれないが、俺が参加すれば俺よりその競技を愛する誰かがレギュラーから落ちるのは必定。そう考えると気楽に部活にも入れなかった。

学業優秀を理由に中学でも高校でも生徒会入りを教師から勧められた。これに関しては、さほど手間でもないので引き受けたが、その業務を誇りに思ったり、責任を持って務めあげようという気もなかった。

今にして思えば、なんと情熱のない子どもだったのだろう。

ただでさえ目立つ九頭竜家の嫡男。尊大になりすぎず、周囲とほどよく協調して学校生活を送るのが処世術で、自分自身の心の動きには無頓着だった。それで問題なかった。

すべてはいつか九頭竜家を継ぐための積み重ね。俺は俺の意志で生きているのではなく、脈々と流れる九頭竜の血に動かされるアンドロイドのようなものだった。

一方で俺は、九頭竜一族に疑問を持つ頭も持っていた。

ナイングループの仕事は、勉強の片手間に子どもの頃から学んでいた。父も祖父も帝王学の一種と思い、進んで俺に組織の在り方を説いた。

しかし聞けば聞くほど、ナイングループは九頭竜のアルファ以外は得をしない世界に思えた。もっと優秀な人間はいるのではなかろうか。自分の通う学校にだって、成績優秀であったり、一芸に秀でたベータはたくさんいる。

また年頃になると、俺は花嫁候補たちと頻繁に顔を合わせるようになった。彼女たちは分家のオメガ。九頭竜の血を繋ぐためだけに養育され、いずれはたったひとりが神事で選ばれる。それまでは恋もできなければ、自由もない生活だ。

彼女たちの存在はとても隷属的な慣習に思えた。

俺がいつか宗家になったら、こういった差別的な部分は少しずつ見直していきたいものだ。おそらくは三十歳前に、彼女たちの誰かと結婚する。それが宗家を継ぐとき。九頭竜のためにそろえられたオメガたちの中から、誰と番になるのかはわからない。

俺は彼女たちを哀れにこそ思ったが、誰ひとりにも本能の疼きを覚えることなく成長していった。

「花嫁候補が追加になった？」

「ええ、先ほど宗家からご連絡がありました。八街家の木葉様です」

誓約の儀式のひと月前、俺の執務室でのことだ。俺の前に個人データの書類を差し出し、菱岡は事務的に続ける。

「誓約前のバース性再検査で発覚したそうです。成人前後にベータから転化する人間がいるのは、国内外で症例がありますが、レアケースですね」

八街木葉。

今年二十一歳になるベータからの転化者。

小中高は公立、私立の短大を出て、今年から大手書店に勤めている。

写真には赤みがかった髪色の女性が写っている。際立って美人とは思わないが、愛らしい顔立ちではある。

「木葉様は花嫁教育を受けておりませんが、該当年齢のオメガは全員参加ですので」

「ああ、わかった。誓約の結果次第だから、俺に決められることでもない」

菱岡が俺を見つめ、低い声音で尋ねる。

「これまで花嫁の方々と交流を重ね、心惹かれる方はいらっしゃいませんでしたか」

俺はふっと笑った。この結婚はそういった情熱とは無縁のものだ。

「宗家になる者は、花嫁と運命で結ばれる。誓約で決まる前に、相手が誰だか自然とわかるという話か。父も祖父も言っていた。しかし、あれは結婚に乗り気ではない俺を急き立てるための軽口だろう」

代々、宗家となる者は、自分の妻がわかるそうだ。神秘的にも誓約で選ばれるのはそのオメガだという。

しかし、それは誓約の神事を正統化するのが目的だ。未来視などという力を信仰する九頭竜らしい考え方といえる。

俺の結婚の本質は、生殖能力が低い九頭竜家のアルファが、アルファを産む確率の高い分家オメガを番にする。ただ、それだけのこと。そこに恋だの愛だのは無用なのだ。

現に俺は今までどんなオメガにも欲求を覚えたことはないし、どんなオメガでもヒートを起こせば抱けるだろう。

オメガに子どもを産ませることも、敷かれたレールの一部。

運命の番などという夢物語などなくとも、俺は宗家として仕事を果たすつもりだ。

そんなふうに思っていた俺が、誓約の当日、神殿で雷に打たれたように固まった。

俺の視界には初めて会うオメガがいた。

正確には書類で彼女の概要は知っている。分家の中では、本家とは縁の薄い八街家の娘、バース性に目覚めたばかりのオメガ。

八街木葉。

ひと目見た瞬間から、身体中の血液が巡り出す感覚がわかった。指先まで力がこもり、自然と息が荒くなる。体温が上がり、発汗している。それがアルファの反応だというのはすぐに気づいた。アルファは番を守るために身体能力を上げる生き物だ。俺は番だと目したオメガを前に、興奮状態に陥っている。

その状況を作ったのは、あの八街木葉。

彼女から目が離せない。彼女の匂いすら感じる気がする。

オメガは何人もそろっているのに、彼女しか見えないし、彼女しか感じられない。

俺には目も耳もなくなってしまったのだろうか。五感のすべてが彼女に集中しているのがわかった。

彼女は彼女で、俺を見ては真っ赤な顔をそらす。それが照れているのではないことはわかる。きっと彼女はショック状態だ。ヒートを起こす直前といってもいい。

俺というアルファと会ったからだ。

運命の番という言葉を、体感で理解した。これがそうなのか。父も祖父もでたらめを言っていたわけじゃない。本能が選び合うのだ。

「俺の花嫁、俺のオメガ」

俺のものになってほしい。俺の愛を受け止めてほしいし、俺に愛を注いでほしい。

俺の子をたくさん産んでほしい。

彼女は言葉もなく、俺をじっと見つめていた。


誓約で木葉が選ばれ晴れて婚約関係になり、当初俺は浮かれていた。

当たり前のことを当たり前のようにこなす人生に、初めて欲求が湧いた。彼女が欲しい。彼女を俺のものにしたい。

木葉もきっと、花嫁に選ばれ喜んでいるはず。ここからは愛を深めて、結婚までに真の番となろう。勝手にそう考えていた。

だから木葉がかなり結婚に及び腰で、可能なら他のオメガに託したいと思っていると知り驚いてしまった。女性は……特にオメガは無条件に俺に惹かれるだろうと思っていた俺は、どうやら思い上がっていたようだ。

木葉自身、まだ自分のオメガ性について混乱しているようでもあった。

しかし交際ひと月、時間をかけて距離を縮めるつもりが、まさかの木葉から早々にOKサインをもらえた。

後々、それが彼女の身内が仕組んだことだと知るわけだが、そのときの俺は愛欲に浮かれ、冷静に考えられなかった。

『あなたのものになります』

彼女の言葉なきサインを真実だと思った俺は、彼女に強制ヒートを促した。

ヒートに混乱して涙する木葉は、すぐに俺の腕の中でとろけていった。彼女の肌に舌を這《は》わせ、柔らかな身体を愛撫しながら、俺は興奮の坩堝《るつぼ》。ヒートを起こしたオメガの濃厚な甘い香りに酔い、無我夢中で彼女を求めた。

あえかな声が次第に激しい嬌声に変わっていくのが耳に心地いい。初めて繋がった瞬間は、俺も獣のようになっていた自覚がある。彼女にねだられキスをしながら揺さぶってやると、鼻に抜ける声がいっそう興奮を煽った。

「好きだ、木葉」

何度もささやいた。ヒート中の彼女がどこまで聞いていたかはわからないけれど。

結果、誤解による初体験は、木葉にいっそう警戒心とバース性への嫌悪を植えつけてしまったようだった。

身体は繋げたのに、縮まりかけた心の距離が離れてしまったようでさみしかった。

さらに、彼女は俺のこの気持ちも『アルファの本能』だと言う。

しかし言われてみれば、恋の経験がない俺が、本能と恋の差を明確に説明などできない。

さすが、木葉。俺の妻はなかなか聡明《そうめい》な指摘をする。それなら、木葉と過ごすことでこの感情が恋であると証明していこう。

俺のこうした態度が木葉の目にどう映っていたかはわからない。しかし、割合お人好しで優しい彼女は、もうこの時点でだいぶ俺にほだされているようではあった。

木葉のこうした情も、恋に育てていかなければならない。

何事も苦労せずにできてしまうばっかりに、情熱のない人生を送ってきた。

初めて思い通りにいかない相手ができ、それが心惹かれた俺の妻なら、やはり木葉と俺は運命で繋がっているのだろう。

これはもう確信に近い感情だった。

心を繋いでいこうと誓ったが、俺たちが正式な番になるまでは前途多難だった。同居、恵太の暴走。二科家の亜美の行動がきっかけで木葉を傷つけたこともあった。やがて木葉の心が動き、俺の気持ちを受け入れてくれた。俺への愛を口にしてくれた。

最初こそ戸惑っていたバース性を認め合い、番の契りを結ぶことができた。一生離れないという愛の拘束は心地よく、そして感じたことのない幸福を俺にくれた。アルファもオメガもこうあるべきなのだと、充足感とともに思った。

やっと結ばれた後も、父と祖父を敵に回して闘う事件が起こり、一橋家からは木葉との仲を引き裂かれそうになったりもした。俺がどの場面でも立ち向かうことができたのは、ひとえに木葉への想いに他ならない。

彼女と出会う前の俺は、まっさらな子ども同然だったといえる。愛も恋も欲も、彼女がくれた。強い感情も汚い感情も、守りたい想いも責任も、彼女がいなければ知り得なかった。

木葉が俺を〝人〟にしてくれたのだ。木葉は俺のパートナーであり、恩人なのだ。

＊＊＊

子どもたちは授乳後に新生児室で預かってもらい、木葉をゆっくり休ませることにした。木葉は大丈夫と繰り返していたけれど、やはり身体は疲れているようだ。腹の傷の鎮痛剤を飲ませると、あっという間に眠りに落ちた。

すうすうと寝息をたてて眠る彼女の額にキスをする。

かすかに身じろぎをする木葉の首筋には俺がつけた噛み痕。アルファとオメガの契りの証。

「木葉、俺が見ている」

愛しい妻にささやく。

「だから、眠れ」

彼女の眠りが安らかであるよう、心が健やかであるよう、この先も俺は守り続けるのだ。それが生涯をかけた俺の仕事であり、何よりの幸福。

番外編　ささやかな逢瀬

「木葉ちゃん、頑張りすぎなんじゃないの？」

それは我が家に遊びに来ていた恵太さんの口から発せられた言葉だ。私は沙羅のオムツを替えながら彼を見る。

確かに寝不足で目は血走っているだろうし、髪もぼさぼさ。メイクもしていない。

双子の出産から四ヶ月。先日百日のお祝いも終え、樹と沙羅は健康そのもの。

順風満帆な我が家だけれど、私の疲労はかなり溜《た》まっている。

「双子育児だもんねぇ。征士郎様も忙しそうだし」

私の代わりに樹をあやしてくれながら幸も言う。大学四年生の幸は、しょっちゅうこの家に遊びに来ている。

さらに今日はゲストがもうひとり。

「赤ん坊ってこんなふにゃふにゃなの？　扱うの怖くない？　僕、無理」

顔をしかめつつ、育児の様子を注視しているのは一橋由さんだ。恵太さんとは男友達として仲良くなったようで、今日は我が家に遊びにやってきている。赤ん坊ふたりを触るのはおっかなびっくりで、見ているとちょっと面白い。

「可愛いけど、手がかかるよねぇ」

「母屋のお手伝いさんがしょっちゅう手伝いに来てくれるから、私はどうにかなってるよ」

幸に答えながら、実際可愛いを超える大変さがあると思う。

双子の育児は、単純に作業が倍。授乳やオムツのペースがずれると、さらに煩雑になり、片方が泣き出せばつられて片方も泣き、ひと息つく暇もない。

「夜なんか全然眠れないでしょ」

「そうだね……」

まず二時間熟睡ができない。授乳しながら寝落ちし、片方が泣き出して起きるということを繰り返しているうちに朝。これが毎日なのは、体力的に結構厳しい。

「征士郎さんに付き合わせちゃってるのが悪いな。私が起きられないとき、調乳してミルク与えてくれるし、あやしてくれるの。征士郎さん、忙しいのに」

「ふたりそろってくたくたってことだな」

恵太さんが苦笑いで頷く。

くたくたと言われたら、そうかもしれない。征士郎さんは持ち前のタフさと、精神面の強さから『問題ない』と育児を一緒にこなしてくれ、出社していく。だけど、身体は絶対に疲れているはず。

睡眠時間が人間にとってどれほど大事なのか、子どもができて痛感したもの。

「う～ん、木葉と征士郎様、ふたりでのんびりできる機会があればいいのにねえ」

幸が首をひねり、由さんがぼそっと「母屋に預けて寝ちゃえばいいじゃん」と言う。

母屋には住み込みのお手伝いさんもいるし、彼女たちも頼ってくれていいとは言ってい るんだけれど。

「親父と祖父さんのいるところに、この子ら預けたくはないわな。口は出さないって言っても、やっぱりアルファ至上の連中だ」

恵太さんが私の気持ちを代弁してくれる。そうなのだ。樹はアルファだけれど、沙羅はオメガ。見た目こそ征士郎さん譲りの黒髪だけど、バース性は九頭竜では稀な存在。アルファでなければ養子に出せとまで示唆していた人たちの近くに預けたくはない。

「昼間、お手伝いさんが来てくれるときに、お昼寝させてもらってるから、私はまあまあ休めてるよ。平気平気」

全然平気そうに見えないボロボロ加減で言っても説得力がないだろう。恵太さんが、あ、と何か思いついた顔をする。

「せめてリフレッシュに兄さんと出かけてきなよ。俺たちが樹と沙羅の面倒を見るから」

「あ、いいねえ。私、暇だから全然ＯＫだよ～」

恵太さんがそんな提案をし、幸が明るく同意してくる。由さんが明らかに面倒くさそうな顔をしている。『それ、僕も参加なの？』と言いたげだ。

「悪いよ。育児経験がない幸たちに、この暴れん坊ふたりを預けるのは」

「私は未来の予行演習になるもの」

「俺は結構、育児参加してると思う。可愛い甥っ子と姪っ子だしな」

そうはいっても、丸一日赤ん坊の面倒を見たことがないのだから預けづらい。さらには、産後四ヶ月の私は半日以上子どもと離れたことがないのだ。幸たちを信頼していても、私のメンタル的に不安だったりもする。

「征士郎様にものんびりしてもらえるチャンスだよ。朝からふたりでデートしてさ、ディナーでもしてきなよ」

征士郎さんを休ませてあげたい気持ちはある。そしてこれは誰にも言っていないけれど、産後、私と征士郎さんはまだ性的な接触を持っていないのだ。

双子の育児が忙しすぎて、番といるのに性欲がさっぱり湧かない。ヒートがくる兆候もなく、これは月のものと同じで再開までに個人差があるとのこと。

でも、征士郎さんは違うかもしれない。アルファなのだから、妻のオメガを抱きたいと思っていても普通だ。ただ、私の様子を見て口に出せなくなっている可能性もある。

「う〜ん」

悩む私に、由さんがしびれを切らしたように言った。

「あのさぁ、親が育児を休むくらい普通だろ。行ってくれば？　恵太くんや幸さんに任せるのが不安なら、僕の養父母も呼ぶよ。すっごい世話焼きのおじちゃん、おばちゃんだから、育児を任せられるんじゃない？」

由さんは今、九頭竜のある一家でお世話になりながら高校に通っている。どうやら一橋の実家より、養家とは良好な関係を築けているようだ。

とはいえ、由さんの養父母まで巻き込めない。

「余計申し訳ないよ」

「じゃあ、僕と恵太くんと幸さんに全部任せて行きなよ。一日くらい育児を休んだってバチ当たらないし、僕らも赤ん坊の面倒を見らんないって舐《な》められんのやだし」

面倒くさそうな顔をしていたのに、由さんもなかなかお人好しだ。強気な言葉で、背中を押してくれる。

「お、兄さんが次の土曜は休めそうだって。その日にしなよ」

恵太さんがいち早く征士郎さんに連絡をつけたようで、スマホを見せながら言った。

ここまでお膳立《ぜんだ》てされて断ることができるだろうか。私は三人に頭を下げ、「お言葉に甘えさせていただきます」と呟いたのだった。

土曜日、私と征士郎さんはふたりで家を出た。樹と沙羅は、予定通り三人に預かってもらい、どうにも手に負えなくなったら母屋のお手伝いさんか、由さんの養母を呼ぶ話になっている。九頭竜家の門まで歩く道すがら、もう私は何度も振り向いている。

「め、めちゃくちゃ泣いてる」

あたり一帯に響き渡る泣き声のユニゾン。パパとママが出かけるのがわかるのか、ふたりは出発直前から大泣きだ。

「ああ、樹も沙羅も同じくらい元気な泣き声だ」

私の隣を歩く征士郎さんは、なぜかふたりの泣き声を褒めつつ、やはり気になるようで何度も振り返って家を見ている。

「大丈夫ですかねえ。赤ちゃんなんてひとりでも大変なのに、双子を任せちゃって」

「母屋の使用人には、手に負えないときは俺たちを呼び戻すように言ってある。恵太たちが頑張ってくれるとは思うが、限界もあるだろう。そのときはデートを中止して帰るがいいか?」

そう言って私を覗き込んでくる征士郎さんはすっかりパパの顔だ。私を優先してくれる男らしいアルファの顔も好きだけれど、父性あふれる姿も大好き。

「もちろんです」

「今日の木葉は可愛い雰囲気だな。出会った頃みたいだ」

「子どもっぽかったですかねえ」

今日は征士郎さんと都内を散策しようと思っていたので、カットソーにデニムジャケット、膝丈のスカートにスニーカーだ。

「いや、好きだ。一緒に歩いていると、ドキドキする」

九頭竜の門を通り抜けながらそんなことを言う。素で言っているのだから、可愛いのはあなたですと言いたくなってしまう。

「手を繋いでもいいですか?」

「ああ。子どもと一緒だとなかなか繋げないからな」

そっと互いの手のひらを合わせ、指を組み合わせる。なんだかすごく久しぶりな感覚で照れてしまった。

「あ〜なんだか恥ずかしいですね」

「そうか？　俺は嬉しい。木葉とふたりきりになれて」

本当に素で可愛いことを言う人だ。子どもたちに心配は残るけれど、少しだけふたりきりを楽しませてもらってもいいかな。


私たちは上野御徒町《うえのおかちまち》界隈《かいわい》を散策し、秋葉原《あきはばら》から浅草橋《あさくさばし》方面に向かって歩いた。今日の目的は正真正銘ただの散歩。

本当は美術館や映画館に行き、ホテルでランチをとって……というコースのほうがよかったのかもしれない。だけど、征士郎さんが私の好きにしていいと言ってくれた。

朝から歩き回り、ときにお茶をし、また歩く。温泉地にふたりで旅行したときもこんなデートをしたし、私の妊娠中もよく散歩に付き合ってくれた。

こうしてふたりで歩き回っていると、征士郎さんに恋した頃が鮮やかに思い出されて、嬉しくなる。まだ一年半ほどしか経っていないのに、ずいぶん月日が流れたように感じた。

楽しいデートは、お昼が近づくにつれ天気が下り坂。決めていた街角の洋食屋でお昼ごはんを済ませると、黒い雲から雨がぽつんぽつんと落ち始める。

「午後は海のほうに行こうと思っていたのに」

天気予報を見ると、雨の降り始めが夜から昼に変わっていた。秋の雨は結構冷たい。

「あ、幸からメッセージ。よく寝てますよ」

私はちょうど来たメッセージと写真を征士郎さんに見せる。樹と沙羅が並んですやすや寝ている姿で、その横では恵太さんも眠っている。

「これは、三人ともよく寝ているな」

「たぶん恵太さん、張り切って相手してくれたんだと思います」

スマホの画面から彼を見上げるとばちんと視線が合う。征士郎さんが、私を真剣な表情で覗き込んでいるのだ。

「木葉、この後のデート予定、変更でもいいか？」

「え？　はい。雨ですしね。変更どんとこい」

スマホを取り出すので、てっきり桜井さんでも呼ぶのかと思ったら、少し操作してすぐにポケットに戻した。

「移動しよう」

雨に降られないうちにと流しのタクシーを捕まえ、私たちは目的地を目指した。到着したのは、九頭竜系列のホテルだ。

「部屋を取ってある」

その意味に私は今更ながら赤面した。なるほど、彼が気づかわしげに私を見つめたのはそういう理由だったのか。

通常のチェックイン時間でもないけれど、宗家がぱっと使える部屋はすぐに空けてもらえる。フロントにひと言声をかけて、キーを手に征士郎さんは戻ってきた。

促され、最上階の部屋へ。部屋の戸には九頭竜の竜紋が入り、中は広々とした空間だ。九頭竜家専用の部屋なのだろう。

征士郎さんは私を中に促すと、ベッドの布団をめくり振り向いた。

「散策でリフレッシュするのもいいが、木葉は疲れているだろう。少し眠ったほうがいい」

「あ、……はい」

きりっとした彼の表情にいささか拍子抜けする。なんだ、そういう意味だったのか。

恥ずかしい勘違いをしてしまった。

「でも、もし許してくれるなら」

言葉とともに突然、空気が変わる。征士郎さんが私の両手を取った。強く握り視線を絡めてくる。

「木葉に触れたい」

その瞬間、私は全身がぶわっと火がついたように熱くなるのを感じた。

心臓が早鐘をたたき、呼吸が乱れる。だけど、征士郎さんから目が離せない。

じわりとにじむ視界、全身を包む高揚と喜び……。

「ヒート……」

「誘発した覚えはないんだが」

そう微笑む征士郎さんの頬も上気している。私のフェロモンにあてられているのだろう。

「征士郎さんに誘われたら、身も心も準備できてしまいました」

征士郎さんが私を抱き寄せる。彼の香りを吸い込み、私はびりびりくるような愛の刺激を感じた。

「ずっと我慢させていましたか？」

「育児に奮闘中の木葉に無理をさせたくなかった」

「でも、わかったでしょう。私も征士郎さんが欲しくてたまらなかったみたいです」

唇を重ね、互いの身体をきつく抱きしめる。くっついたところからどろどろに溶けてしまいそう。

「今だけ、ただの番に戻ろう」

「はい。パパとママ、お休みですね」

「木葉が欲しい」

甘い誘いの声にもう立っていられない。私たちはもつれるようにベッドに沈んだ。

征士郎さんの腕の中で目覚めると、時計は十九時を指していた。私は慌ててベッドから這い出した。私の動きで眠っていた征士郎さんも起きる。

「どうした、木葉」

「すっかり眠ってしまいました！」

カバンからスマホを取り出すと、写真とメッセージがいくつか送られていた。

樹と沙羅を抱く幸と由さん、恵太さんがオムツを替えているシーン。

大人三人にかまわれて、樹と沙羅が笑っている動画もある。

私は裸のまま床に座り込み、それを眺め、思わずじんわりと嬉しくなった。私と征士郎さんを気遣ってくれた人たち、そしてパパとママ不在でもたくましく笑っている子どもたち。

「木葉？」

「征士郎さん、私たちぐっすり眠っちゃいましたね」

夢中で抱き合い、さすがに疲労からか寝落ちてしまった。二時間以上眠れたのは久しぶりだ。

私は征士郎さんのいるベッドに戻り、腰かけた。

「睡眠と愛で英気を養えました。帰りましょうか」

「そうだな。夕食は帰ってからにしよう。俺も樹と沙羅に会いたくなった」

もう一度私を抱きしめ、征士郎さんが温かな声でささやいた。

「幸せなひとときをありがとう、木葉」

「こちらこそです」

私たちは軽くキスを交わし、束の間の逢瀬《おうせ》を終える。

帰ろう。子どもたちの元へ。


〈了〉

あとがき

こんにちは、砂川雨路《すながわあめみち》です。『強制的に夫婦（つがい）にさせられましたが、甘い契りで寵愛の証を懐妊しました』をお読みいただきありがとうございました。

本作のテーマはオメガバース。ボーイズラブやティーンズラブではお馴染みの人気設定ですが、聞き馴染みのない方もいらっしゃるのではないでしょうか。男女という性別の他にアルファ、ベータ、オメガという三つの性があるファンタジー寄りの世界観となります。このオメガバースを恋愛小説ジャンルでもぜひやってみたいと編集部にお願いし、チャレンジしたのが本作となっております。

ヒロインの木葉は思いもかけず九頭竜家の次代宗家・征士郎の花嫁に選ばれます。征士郎に惹かれるものを感じながら、この気持ちはオメガの本能であり恋ではないと自分を律します。しかし、求め合うアルファとオメガの本能に抗えず、ふたりは身体を重ねてしまい……。

恋と本能、バース性を超えた純愛、番の契り。オメガバースの書きたいところ全部詰めの、書いている私が一番楽しい作品となりました。ヒロイン・木葉の心情の変化、人間的な成長も大事に描いたつもりです。

恋愛小説ではちょっとない世界を、楽しんでいただければ幸いです。


本書を出版するにあたり、お世話になった皆様に御礼申し上げます。

カバーイラストを描き下ろしてくださいましたイラストレーターのジン・先生、キュートな木葉と色気だだ漏れの征士郎の首噛みシーンをありがとうございます。木葉の顔が好みすぎでした！

デザインをご担当くださったデザイナー様、本作もとても素敵です。ありがとうございました。

いつも「砂川さんの書きたいものを」とおっしゃってくださる担当のおふたり、今回もありがとうございました。プライベートまでお気遣いいただき、一番つらいときに救われました。

最後になりましたが、本作を読んでくださった読者様に御礼申し上げます。拙作のマイペース且つ独特な世界に飛び込んでくださる皆様のおかげで、小説を書き続けていられます。次回作も楽しい作品をお届けできるよう頑張ります。

砂川雨路

マーマレード文庫

強制的に夫婦（つがい）にさせられましたが、甘い契りで寵愛の証を懐妊しました

2022年8月15日　第1刷発行　定価はカバーに表示してあります

著者　砂川雨路　©AMEMICHI SUNAGAWA 2022
発行人　鈴木幸辰
発行所　株式会社ハーパーコリンズ・ジャパン
東京都千代田区大手町1-5-1
電話　03-6269-2883（営業）
0570-008091（読者サービス係）
印刷・製本　中央精版印刷株式会社

Printed in Japan ©K.K. HarperCollins Japan 2022
ISBN-978-4-596-74744-0

m a r m a l a d e b u n k o